部编版 语文教材配套阅读名著书系

七年级

猫

郑振铎 著

四川人民出版社

图书在版编目（CIP）数据

猫 / 郑振铎著 . -- 成都 : 四川人民出版社，2020.1
（部编版语文教材配套阅读名著书系）
ISBN 978-7-220-11496-0
Ⅰ . ①猫… Ⅱ . ①郑… Ⅲ . ①散文集 — 中国 — 现代 Ⅳ . ① I266

中国版本图书馆 CIP 数据核字 (2019) 第 202148 号

MAO
猫
郑振铎　著

出 版 人	黄立新
责任编辑	李淑云　朱雯馨
封面设计	李其飞
出版融合统筹	张明辉　袁　璐
责任印制	祝　健
出版发行	四川人民出版社（成都市槐树街 2 号）
网　　址	http://www.scpph.com
E-mail	scrmcbs@sina.com
新浪微博	@ 四川人民出版社
微信公众号	四川人民出版社
发行部业务电话	（028）86259624　86259453
防盗版举报电话	（028）86259624
印　　刷	自贡市华华广告印务有限公司
成品尺寸	170mm × 235mm　1/16
印　　张	12
字　　数	175 千
版　　次	2020 年 1 月第 1 版
印　　次	2020 年 1 月第 1 次印刷
书　　号	ISBN 978-7-220-11496-0
定　　价	28.00 元

搭应试教育的船，读传世经典的书

经过多年的编写和试用，2019年秋季，全国中小学将统一使用部编版语文教材。温儒敏先生主编的部编版语文教材，革新了我们对语文教学的认识，也为中学生的语文学习指明了方向。概而言之，就是要大量阅读，“多读书，好读书，读好书，读整本的书”，培养阅读兴趣，扩大阅读面，养成良好的阅读习惯。阅读既可以为一生的发展打底子，也有利于考试拿到好成绩。

因此，部编版语文教材，除了作为老师的“教读”文本，精选了许多经典的篇目外，还提供了丰富的延展，列出来许多指定阅读或推荐阅读的书目。这一部分书目，更强调“自读”。

如何自主阅读，温儒敏先生也提供了一些方法，如“自由阅读”“连滚带爬阅读”“反复诵读”等。但无论如何，初中阶段的阅读，还是需要“搭上应试教育的船”，这是“巨大的现实”。

根据部编版初中语文教材所推荐阅读书目及课文中所收作者作品和“巨大的现实”，我们策划出版了“部编版语文教材配套阅读名著书系”。这套书有如下几个特点。

一、紧扣教材，原版全本

本书系第一辑29种，都出自于最新的部编版语文教材，具体到每一年级的上册或下册，或为指定阅读、推荐阅读，或为收入课本作者的作品延伸，都是初中学子应知应读的经典名著。而这些经典名著，除了《诗经》《史记》等少量古代经典考虑学生接受程度做了篇目精选，大部分图书都是原版全本收录，拒绝改写、缩写。

二、名师指导，提供阅读方法

经典，不是我们正在读的，而是我们反复读的。但是初次阅读经典，仍需要好的指引。因此，本书系在栏目设置上，特别添加了“本书导航”“读书方法指导”“专题探究”“名师点评”“阅读鉴赏”“知识拓展”“考题链接”“读后感”“真题汇编”等栏目，帮助读者节约阅读时间，掌握正确的阅读方法，扩大阅读面，养成良好的阅读习惯。

三、精读与泛读相结合

本书系根据语文教材编写特点，邀请一线工作的著名语文教师，在容易考查的重点篇目上加旁注，提供“名师点评”“思考探究”等栏目逐字逐句加以精读，全书还有疑难字词的注音注释，做到精读与泛读相结合，指导阅读与自由阅读相结合。

四、爬梳考点，提高得分能力

本书系邀请著名语文教师，全面梳理全国各地近五年中考试题，与名著内容进行比对，通过“考题链接”“真题汇编”等方式，对相关考点进行针对性训练，切实提高读者的应试得分能力。

大文豪伏尔泰说，当我们第一遍读一本好书的时候，我们仿佛觉得找到了一个朋友；当我们再一次读这本书的时候，仿佛又和老朋友重逢。

希望我们这套书能成为大家的好朋友，度过这漫长三年的好朋友。

“部编版语文教材配套阅读名著书系”编写组

2019 年 11 月

本书导航

• 认识作者

郑振铎（1898—1958），出生于浙江温州，原籍福建长乐，我国现代杰出的作家、文学评论家、文学史家、文献学家、考古学、翻译家，新文化和新文学运动的倡导者之一，新中国文物事业的开拓者之一。主要著作有《文学大纲》《俄国文学史略》《中国文学论集》《中国俗文学史》《近百年古城古墓发掘史》《中国历史参考图谱》《伟大的艺术传统图录》《插图本中国文学史》《中国古代版画史略》等；编著有《希腊罗马神话与传说中的恋爱故事》《希腊神话与英雄传说》等。

• 艺术特色

一、题材广泛。

生活中的所见所闻所感，均被采撷入文，展现着不同的风姿。

二、和时代联系紧密。

他的文章，和大时代紧密相连，记录了生活和历史的变迁。

三、善于借景抒情。

经常在自然景物的描写中抒发临危不惧、坚贞不屈的爱国主义精神，给读者强烈的感染。

读书方法指导

• 方法一：浏览

浏览可以让读者快速了解一本书的大致内容。在阅读本书的时候，可以采取浏览的方法，对每篇文章进行整体把握，初步了解作者的观点。

• 方法二：选择性阅读

选择性阅读是对自己感兴趣的或者有助于解决自己重点关注问题的篇章进行重点阅读。在阅读本书的时候，如果你对景物描写感兴趣，就可以选择关于写景的一些文章进行重点阅读；如果你想了解作者对一些人物的评价，也可以选择写人文章进行重点阅读。

• 方法三：摘抄性阅读

一本书中，总是有很多名言警句，或者让我们感慨良深的事例，我们可以把它们摘抄下来，并写下自己的感悟。比如，作者在文章说：“赤热的心，像钢铁铸成似的坚固，像走着鹅步的仪仗队似的一致。从来没有那天无纷纭的一致的坚决过，从校长到工役。”如果你对这句话有感想，就可以记录下来。

• 方法四：探究性阅读

作者在书中，总是渗透着自己对人生、对世界的看法，也许你同意他的观点，也许你有些疑问，你应该把这些疑惑记录下来，并通过课后查找资料、同学探讨，解决这些问题，然后形成文章，就是一篇研究报告了。

• 方法五：进行对比阅读

对比阅读，可以使读者深入了解作者的艺术手法。比如读了《最后一课》之后，可以阅读都德的《最后一课》，分析两者的相同和不同之处。

专题探究

• 专题一：了解在选材和结构方面的独特之处

郑振铎的文章，在选材和结构方面都独具特色。请以其中的一篇文章为例，进行具体分析。

《猫》的双线结构

一般情况下，一篇短小的文章只有一条线索，可是为了塑造人物、表现主题，一些文章会设置两条线索，这两条线索可分为主线、副线和明线、暗线。郑振铎的《猫》就采用了双线结构。这种结构使这部作品有了广度和深度，也表现了丰富而复杂的社会生活。

这篇散文的明线是：得猫→养猫→亡失；再得猫→再养猫→再亡失；复得猫→复养猫→复亡失→永不养猫。

暗线是：生命无常→可爱→酸辛；世人自私→更可爱→怅然、愤恨、诅骂；不喜欢→愤怒→冤苦致死→忏悔。

换种说法，明线就是“我”三次养猫的故事，暗线则是猫的悲剧寓意和“我”的心理变化。

这种结构使文章显得结构严谨，情节曲折。《猫》以时间为顺序明写“我”家三次养猫的故事，暗写“我”的心理变化，三次养猫三次死亡，情节层层推进，结构严谨：养的一只猫很活泼，“我”的心理是“新鲜”和“快乐”；猫很快就病死了，“我”的心理是“忧郁”和“酸辛”。养的第二只猫更活泼，“我”的心情舒畅了；它被人偷走后，“我”的心理是“怅然”“愤恨”。第三只猫是偶然拾到的。它不好看、很瘦，“我”因误会而打了它，也因此而“难过”；猫突然死去，“我”则更“难过”。这样双线层层推进，互相映衬，展现了人物的性格，深化了文章的主题。

• 专题二：对比阅读

为了深入理解作者的作品，选取其他作家的同名之作或者同题材的作品进行阅读，比较它们之间的不同。

大师笔下的猫

猫是人类的宠儿。古人曾经为猫特意制作《猫谱》，在经、史、笔记、诗词和画中，猫的形象也层出不穷。

辛亥革命之后的大师们，爱猫的也极其多。在他们的作品中，猫的身影不时闪现。

老舍写小猫："它们在花盆里摔跤，抱着花枝打秋千，所过之处，枝折花落。你见了，绝不会责打它们，它们是那么生机勃勃，天真可爱！"他笔下的猫是灵动可爱的。

季羡林笔下的爱猫"虎子"，"一见人影，它就做好准备，向前进攻，爪牙并举，吼声震耳"。"小咪咪"则"我正写着什么文章，然而它却根本不管这一套，跳上去，屁股往下一蹲，一泡猫尿流在上面，还闪着微弱的光"。这两只猫是调皮的。

徐志摩说的爱猫"法国王"在他写作时经常"抓破你的稿纸，揣破你的墨盂，袭击你正摇着的笔杆"。这也是一只调皮的猫。

丰子恺的猫叫"阿咪"，有一次他正接待客人，"忽然猫伯伯跳到沙发背后，迅速地爬E贵客的背脊，端端正正地坐在他的后颈上了……贵客的天官赐福的面孔上方，露出一个威风凛凛的猫头，画出来真好看呢"。这是可爱的猫。

苏雪林在《猫的悲剧》这样写猫："脸圆尾短，两只玲珑的绿眼睛，尤其可爱……赐佳名曰黑缎，因猫的毛是乌黑有光，如同缎子。"这是一只漂亮的猫。

文学大师们笔下的猫还有很多。为什么他们这么爱猫呢？也许就像郑振铎先生在他的《猫》里所说的："我坐在藤椅上看着他们，可以微笑着消耗过一二小时的光阴，那时太阳光暖暖地照着，心上感着生命的新鲜与快乐。"

• 专题三：收集相关知识

郑振铎不仅在文学创作领域取得了极高的成就，在其他的领域也取得了极高的成就。利用课余时间，搜集一些相关资料，把其中的一两条整理在下面。

中国历史参考图谱

《中国历史参考图谱》，出版于1947年，是重要的、划时代的著作，囊括从上古直至明清图片三千多幅，共24辑，是郑振铎最重要的著作之一。成书之后，曾由郭沫若、吴晗、顾颉刚等十二位著名学者为之作序。

中国俗文学史

成书于20世纪30年代，是中国俗文学研究史上具有开创性意义的专著。全书分为十四章，以时代为顺序详述俗文学发展史，对从先秦至清代诸朝民歌、民谣、变文、杂剧词、鼓子词、诸宫调、散曲、宝卷、弹词、鼓词、子弟书等俗文学样式进行了系统的阐释与全面的梳理。本书引证资料丰富，以作者自藏为主。每章后详附参考书目，并列出其版本信息，便于读者核对材料、开拓阅读。

它在园中乱跑，又会爬树，有时蝴蝶安详地飞过时，它也会扑过去捉。

然而向东望去。却可看见山下的原野。一座一座的小山，都在我们的足下，一畦一畦的绿田，也都在我们的足下。几缕的炊烟，由田间升起，在空中袅袅地飘着，我们知道那里是有几家农户了，虽然看不见他们。

太阳光很红亮的晒着，街上依然的熙来攘往，没有一点异样。我们依旧的摇铃上课。我授课的地方，在楼下临街的一个课室。站在讲台上，可以望得见街。学生们不到的人很少。

我硬了心肠在烧。自己在壁炉里生了火，一包包，一本本，撕碎了，扔进去，眼看它们烧成了灰，一莲莲的黑烟从烟道里冒出来，烧焦了的纸片，飞扬到四邻，连天井里也有了不少。

目录 CONTENTS

故人故事

导读

郑振铎是我国著名的作家、学者、翻译家。他翻译的《新月集》《飞鸟集》至今依然是最经典最权威的译本。

郑振铎1898年出生于浙江省永嘉县，1917年入北京铁路管理学校学习。1919年参加五四运动，同时与沈雁冰等人发起成立文学研究会，曾任上海商务印书馆编辑，《小说月报》《公理日报》主编。1927年旅居英、法，回国后任北京燕京大学、清华大学、上海暨南大学教授，《世界文库》主编。1937年参加文化界救亡协会，组织复社，出版《鲁迅全集》，主编《民主周刊》。1949年后任全国文协研究部长、中央文化部文物局长、民间文学研究室副主任、中国科学院考古研究所所长、文化部副部长等。

郑振铎的散文题材广泛，或是日常生活中的所见所闻，或是心灵中的一缕思绪，都被他信手拈来，凝于笔端。而他的所见所闻所感，又无不与大时代紧紧相连。本书分为三个部分，万物有情、且行且吟、故人故事。万物有情是抒情小文，写日常生活中的人生意趣。郑振铎不太喜欢在散文中作超越生活的哲理反思，更喜欢叙述世俗生活本身，文字极为生动温馨，比如《猫》。且行且吟是郑振铎的游记精选。郑振铎的游记散文，知识性强，文化意蕴深厚，融广博知识与艺术审美与一体。故人故事主要是郑振铎追忆友人的文章以及记录时政的文章。“故人”部分细细讲述了他与鲁迅、许地山、朱自清等人的交往细节和真挚情谊。“故事”则主要讲1925年五卅惨案发生后，郑振铎对此的激愤之作，《我的邻居们》《最后一课》等文，俨然一组抗战沦陷区全景图。

郑振铎的文字平淡见新意，章法轻松而见严谨，学识深厚却深入浅出。这些文章虽创作于大半个世纪之前，现在读来依旧能感受到文学的生命力。

万物有情

蝴蝶的文学

名师导读

蝴蝶，在众人的心目中总是翩翩起舞的形象。在作者的笔下，蝴蝶的形象是否不同呢？

一

名师点评

一个“送”字，采用拟人的修辞手法，将绿意遍布大地的景象展现了出来，给人以春意盎然的感觉。

春送了绿衣给田野，给树林，给花园，甚至于小小的墙隅屋角。小小的庭前阶下，也点缀着新绿。就是油碧色的湖水，被春风粼粼地吹动，山间的溪流也开始淙淙汩汩地流动了；于是黄的、白的、红的、紫的、蓝的，以及不能名色的花开了，于是黄的、白的、红的、黑的、以及不能名色的蝴蝶们，从蛹中苏醒了，舒展着美的耀人的双翼，栩栩在花间，在园中飞了；便是小小的墙隅屋角，小小的庭前阶下，只要有新绿的花木在着的，只要有什么花舒放着的，蝴蝶们也都栩栩地来临了。

名师点评

两个“只要”，将蝴蝶出现的地点展现了出来，说明了蝴蝶的分布范围之广。

蝴蝶来了，偕来的是花的春天。

当我们在和暖宜人的阳光底下，走到一望无际的开放着金黄色的花的菜田间，或杂生着不可数的无名的野花的草地上时，大的小的蝴蝶们总在那里飞翔着。一刻飞向这朵花，一刻飞向那朵花，便是停下了，双翼也还在不息不住地扇动着。一群儿童嬉笑着追逐在它们之后，见它们停下了，悄悄地便蹑足走近，等到他们走近时，蝴蝶却又态度闲暇地舒翼飞开了。

名师点评

描绘了蝴蝶展翅飞翔的景象，展现了一幅美好的画面。

呵，蝴蝶！它便被追，也并不现出匆急的神气。

——日本的俳句，我乐作

在这个时候，我们似乎感得全个宇宙都耀着微笑，都泛溢着快乐，每个生命都在生长，在向前或向上发展。

名师点评

重点说明自己的感受是快乐，而这快乐是蝴蝶带来的，这也是整篇文章的基调。

二

在东方，蝴蝶是我们最喜欢的动物之一，画家很高兴画蝶。甚至于在我们古式的帐眉上，常常是绘饰着很工细的百蝶图——我家以前便有二幅帐眉是这样的。在文学里，蝴蝶也是他们所很喜欢取用的题材之一。歌咏蝴蝶的诗歌或赋，陆续地产生了不少。梁时刘孝绰有《咏素蝶》一诗：

名师点评

领起下文对诗歌的引用。

随蜂绕绿蕙，避雀隐青薇。映日忽争起，因风乍共归。出没花中见，参差叶际飞。芳华幸勿谢，嘉树欲相依。

同时如简文帝（萧纲）诸人也作有同题的诗。于是明时有一个叫钱文荐的做了一篇《蝶赋》，便托言梁简文与刘孝绰同游后园，“见从风蝴蝶，双飞花上”，孝绰就作此赋以献简文。此后，李商隐、郑谷、苏轼诸诗

名师点评

引用有关蝴蝶的诗歌和趣事，增加了文章的文化内涵，增强了文章的吸引力。

人并有咏蝶之作，而谢逸一人作了蝶诗三百首，最为著名，人称之为“谢蝴蝶”。

叶叶复翻翻，斜桥对侧门。芦花唯有白，柳絮可能温？西子寻遗殿，昭君觅故村。年年方物尽，来别败兰荪。

——李商隐

寻艳复寻香，似闲还似忙。暖烟深蕙径，微雨宿花房。书幌轻随梦，歌楼误采妆。王孙深属意，绣入舞衣裳。

——郑谷

双肩卷铁丝，两翅晕金碧。初来花争妍，忽去鬼无迹。

——苏轼

何处轻黄双小蝶，翩翩与我共徘徊。绿阴芳草佳风月，不是花时也解来。

——陆游

桃红李白一番新，对舞花前亦可人。才过东来又西去，片时游遍满园春。江南日暖午风细，频逐卖花人过桥。

——谢逸

像这一类的诗，如要集在一起，至少可以成一大册呢。然而好的实在是没有多少。

在日本的俳句里，蝴蝶也成了他们所喜咏的东西，小泉八云曾著有《蝴蝶》一文，中举咏蝶的日本俳句不少，现在转译十余首于下。

就在睡中吧，它还是梦着在游戏——呵，草的蝴蝶。

——护物

名师点评

作者引用日本文学中描写蝴蝶的诗句，一方面表现了蝴蝶被中外人民喜爱，另一方面也显示了自己丰富的学识。

醒来！醒来！——我要与你做朋友，你睡着的蝴蝶。

——芭蕉

呀，那只笼鸟眼里的忧郁的表示呀；——它妒羡着蝴蝶！

——作者不明

当我看见落花又回到枝上时，——呵！它不过是一只蝴蝶！

——守武

蝴蝶怎样的与落花争轻呵！

——春海

看那只蝴蝶飞在那个女人的身旁——在她前后飞翔着。

——素园

哈！蝴蝶！——它跟随在偷花者之后呢！

——丁涛

可怜的秋蝶呀！它现在没有一个朋友，却只跟在人的后边呀！

——可都里

至于蝴蝶们呢，他们都只有十七八岁的姿态。

——三津人

蝴蝶那样的游戏着，——一若在这个世界上没有一个敌人似的！

——作者不明

呀，蝴蝶！——它游戏着，似乎在现在的生活里，没有一点别的希求。

——一茶

在红花上的是一只白的蝴蝶，我不知是谁的魂。

——子规

我若能常有追捉蝴蝶的心肠呀！

——杉长

三

我们一讲起蝴蝶，第一便会联想到关于庄周的一段故事。

《庄子·齐物论》道："昔者庄周梦为蝴蝶，栩栩然蝴蝶也，自喻适志与？不知周也。俄然觉，则蘧蘧然周也。不知周之梦为蝴蝶与？蝴蝶之梦为周与？周与蝴蝶，则必有分矣。此之为物化。"这一段简短的话，又合上了"庄子妻死，惠子吊之。庄子方箕踞，鼓盆而歌"（《至乐篇》）的一段话，后来便演变成了一个故事。这故事的大略是如此：庄周为李耳的弟子，尝昼寝梦为蝴蝶，"栩栩然于园林花草之间，其意甚适。醒来时，尚觉臂膊如两翅飞动，心甚异之。以后不时有此梦。"他便将此梦诉之于师。李耳对他指出夙世因缘。原来那庄生是混沌初分时一个白蝴蝶，因偷采蟠桃花蕊，为王母位下守花的青鸾啄死。其神不散，托生于世做了庄周。他被师点破前生，便把世情看作行云流水，一丝不挂。他娶妻田氏，二人共隐于南华山。一日，庄周出游山下，见一新坟封土未干，一少妇坐于冢旁，用扇向冢连扇不已，便问其故。少妇说，她丈夫与她相爱，死时遗言，如欲再嫁．须待坟土干了方可。因此举扇扇之。庄子便向她要过扇来，替她一扇，坟土立刻干了。少妇起身致谢，以扇酬他而去。庄子回来，慨叹不已。田氏闻知其事，大骂那少妇不已。庄子道："生前个个说恩深，死后人人欲扇坟。"田氏大怒，向他立誓说，如他死了，她决不再嫁。不多几日，庄子得病而死。死后七日，有楚王孙来寻庄子，知他死了，便住于庄子家中，替他守丧百日。田氏见他生得美貌，对他很有情意。后来，二人竟恋爱了，结婚了。结婚时，王孙突然心疼欲绝。王孙之仆说，欲得人的脑髓吞之才会好。田氏便去拿斧劈棺，欲取庄子之脑髓。不料棺盖劈裂时，庄子却叹了一口气从棺内坐起。田氏吓得心头乱跳，不得已将庄子从棺内扶出。这时，寻王孙时，他主仆二人早已不见了。庄子说她道："甫得盖棺遭斧劈，如何等待扇干坟！"又用手向外指道："我教你看两个人。"田氏回头一看，只见楚王孙及其仆踱了进来。她吃了一惊，转身时，不见了庄生，再回头时，连王孙主仆也不见了。"原来此皆庄生分身隐形之法。"田氏自觉羞辱不堪，便悬梁自缢而死。庄子将她尸身放入劈破棺木时，敲着瓦盆，依棺而歌。

这个故事，久已成了我们的民间传说之一。最初将庄子的两段话演为故事的在什么时代，我们已不能知道，然在宋金院本中，已有《庄周梦》的名目（见《辍耕录》）。其后元明人的杂剧中，更有几种关于这个故事的：《鼓盆歌庄子叹骷髅》一本（李寿聊作）、《老庄周一枕蝴蝶梦》一本（史九敬先作）、《庄周半世蝴蝶梦》一本（明无名氏作）。这些剧本现在都已散佚，所可见到的只有《今古奇观》第二十回《庄子休鼓盆成大道》一篇东西。然诸院本杂剧所叙的故事，似可信其与《今古奇观》中所叙者无大区别。可知此故事的起源，必在南宋的时候，或更在其前。

四

韩凭妻的故事较庄周妻的故事更为严肃而悲惨。宋大夫韩凭，娶了一个妻子，生得十分美貌。宋康王强将凭妻夺来。凭悲愤自杀。凭妻悄悄地把她的衣服弄腐烂了。康王同她登高台远眺。她投身于台下而死。侍臣们急握其衣，却着手化为蝴蝶。（见《搜神记》）

由这个故事更演变出一个略相类的故事。《罗浮旧志》说："罗浮山有蝴蝶洞在云峰岩下，古木丛生，四时出彩蝶，世传葛仙遗衣所化。"

我少时住在永嘉，每见彩色斑斓的大凤蝶，双双地飞过墙头时，同伴的儿童们都指着他们而唱道："飞，飞！梁山伯，祝英台！"《山堂肆考》说："俗传大蝶出必

名师点评

由儿童的话引出对梁山伯故事的考证，过渡非常自然。

成双，乃梁山伯、祝英台之魂，又韩凭夫妇之魂，皆不可晓。”梁祝的故事，与韩凭夫妻事是绝不相类的，是关于蝴蝶的最凄惨而又带有诗趣的一个恋爱的故事。这个故事的来源不可考，至现在则已成了最流传的民间传说。也许有人以为它是由韩凭夫妻的故事蜕化而出，然据我猜想，这个故事似与韩凭夫妻的故事没有什么关系。大约是有的地方流传着韩凭夫妻的故事，便以那飞的双凤蝶为韩凭夫妻。有的地方流传着梁山伯祝英台的故事，便以那双飞的凤蝶为梁山伯祝英台。

梁山伯是梁员外的独生子，他父亲早死了。十八岁时，别了母亲到杭州去读书。在路上遇见祝英台；祝英台是一个女子，扮为男子，也要到杭州去读书。二人结拜为兄弟，同到杭州一家书塾里攻学。同居了三年，山伯始终没有看出祝英台是女子。后来，英台告辞先生回家去了，临别时，悄悄地对师母说，她原是一个女子，并将她恋着山伯的情怀诉述出。山伯送英台走了一程；她屡以言挑探山伯，欲表明自己是女子，而山伯俱不悟。于是，她说道，她家中有一个妹妹，面貌与她一样，性情也与她一样，尚未定婚，叫他去求亲。二人就此相别。英台到了家中，时时恋念着山伯，怪他为什么好久不来求婚。后来，有一个马翰林来替他的儿子文才向英台父母求婚，他们竟答应了他。英台得知这个消息，心中郁郁不乐。这时，山伯在杭州也时时恋念着英台——是朋友的恋念。一天，师母见他忧郁不想读书的神情，知他是在想念着英台，便告诉他英台临别时所说的话，并述及英台之爱恋他。山伯大喜欲狂，立刻束装辞师，到英台住的地方来。不幸他来得太晚了，太晚了！英台已许

名师点评

“不悟”是梁山伯和祝英台悲剧的原因之一。

与马家了！二人相见述及此事，俱十分的悲郁，山伯一回家便生了病，病中还一心恋念着英台。他母亲不得已，只得差人请英台来安慰他。英台来了，他的病觉得略好些。后来，英台回家了，他的病竟日益沉重而至于死。英台闻知他的死耗，心中悲抑如不欲生。然她的喜期也到了。她要求须先将喜轿抬至山伯墓上，然后至马家，他们只得允许了她这个要求。她到了坟上，哭得十分伤心，欲把头撞死在坟石上，亏得丫鬟把她扯住了。然山伯的魂灵终于被她感动了，坟盖突然裂开了。英台一见，急忙钻入坟中。他们来扯时，坟石又已合缝，只见她的裙儿飘在外面而不见人。后来他们去掘坟。坟掘开了，不唯山伯的尸体不见，便连英台的尸体也没有了，只见两个大凤蝶由坟的破处飞到外面，飞上天去。他们知道二人是化蝶飞去了。

这个故事感动了不少民间的少年男女。看它的结束甚似《华山畿》的故事。《古今乐录》说："华山畿者，宋少帝时《懊恼》一曲，亦变曲也。少帝时南徐一士子，从华山畿往云阳，见客舍有女子，年十八九。悦之无因，遂感心疾。母问其故，具以启母，母至华山寻访。见女。具说。女闻感之。因脱蔽膝；令母密置其席下，卧之当已。少日果差。忽举席见蔽膝而抱持，遂吞食而死。气欲绝，谓母曰：'葬时，车载从华山度。'母从其意。比至女门，牛不肯前，打拍不动。女曰：'且待须臾。'装点沐浴既而出，歌曰：'华山畿，君既为侬死，独活为谁施！欢若见怜时，棺木为侬开。'棺应声开。女遂入棺。家人叩打，无如之何，乃合葬，呼曰神女冢。"也许便是从《华山畿》的故事里演变而成为这个故事的。

五

梁山伯祝英台以及韩凭夫妻，在人间不能成就他们的终久的恋爱，到了死后，却化为蝶而双双栩栩地飞在天空，终日地相伴着。同时又有一个故事，却是蝶化为女子而来与人相恋的。《六朝录》言：刘子卿住在庐山，有五彩双蝶，来游花上，其大如燕。夜间，有两个女子来见他，说，"感君爱花间之物，故来相谐，君子其有意乎？”子卿笑曰，“愿伸缱绻。”于是这两个女子便每日到子卿住处来一次，至于数年之久。

蝶之化为女子，其故事仅见于上面的一则，然蝶却被我东方人视为较近于女性的东西。所以女子的名字用“蝶”字的不少，在日本尤其多(不过男子也有以蝶为名)。现在的舞女尚多用蝶花、蝶吉、蝶之助等名。私人的名字，如“谷超”(Kocho)或“超”(Cho)，其意义即为蝴蝶。陆奥的地方，尚存称家中最幼之女为“太郭娜”(Tekona)之古俗，“太郭娜”即陆奥土语之蝴蝶。在古时，“太郭娜”这个字又为一个美丽的妇人的别名。

然在中国蝶却又为人所视为轻薄无信的男子的象征。粉蝶栩栩地在花间飞来飞去，一时停在这朵花上，隔一瞬，又停在那一朵花上，正如情爱不专一的男子一样。又在我们中国最通俗的小说如《彭公案》之类的书，常见有花蝴蝶之名；这个名字是给予那些喜爱任何女子的色情狂的盗贼的。他们如蝴蝶之闻花的香气即飞去寻找一样，一见有什么好女子，便追踪于她们之后，而欲一逞。

在这个地方，所指的蝴蝶便与上文所举的不同，已变为一种慕逐女子的男性，并非上文所举的女性的象征了。所以，蝴蝶在我们东方的文学里，原是具有异常复杂的意义的。

六

蝶在我们东方，又常被视为人的鬼魂的显化。梁祝及韩凭的两则故事，似也有些受这个通俗的观念的感发。

名师点评

总起句，总领下文的故事。

这种鬼魂显化的蝶，有时是男子显化的，有时是女子显化的。《春渚纪闻》说，“建安章国老之室宜兴潘氏，既归国老，不数岁而卒。其终之日，室中一飞蝶散满，不知其数，闻其始生，亦复如此。即设灵席，每展遗像，则一蝶停立久久而去。后遇避讳之日，与曝像之次，必有一蝶随至，不论冬夏也。其家疑其为花月之神。”这个故事还未说蝶就是亡去少妇的魂。《癸辛杂识》所记的二事，乃直接的以蝶为人的魂化。“杨昊字明之，娶江氏少女，连岁得子。明之客死之明日，有蝴蝶大如掌，徊翔于江氏旁，竟日乃去。及闻讣，聚族而哭，其蝶复来，绕江氏，饮食起居不置也。盖明之未能割恋于少妻稚子，故化蝶以归尔。……杨大芳娶谢氏，亡未殓。有蝶大如扇，其色紫褐，翩翩白帐中徘徊飞集窗户间，终日乃去。”

日本的故事中，也有一则关于魂化为蝶的传说。东京郊外的某寺坟地之后，有一间孤零零立着的茅舍，是一个老人名为高滨（Takahama）的所住的房子。他很为邻居所爱，然同时人又多目之为狂。他并不结婚，所以只有一个人。人家也没有看见他与什么女子有关系。他如此孤独地住着，不觉已有五十年了。某一年夏天，他得了一病，自知不起，便去叫了弟媳及她的一个三十岁的儿子来伴他。某一个晴明的下午，弟媳与她的儿子在床前看视他，他沉沉地睡着了。这时有一只白色大蝶飞进屋，停在病人的枕上。老人的侄用扇去逐它，但逐了又来。后来它飞出到花园中，侄也追出去，追到坟地上。它只在他面前飞，引他深入坟地。他见这蝶飞到一个妇人坟上，突然不见了。他见坟石上刻着这妇人名明子（Akiko），死于十八岁。这坟显然已很久了，绿苔已长满了坟石上。然这坟收拾得干净，鲜花也放在坟前，可见还时时有人在看顾她。这少年回到屋内时，老人已于睡梦中死了，脸上现出笑容。这少年告诉母亲在坟地上所见的事，他母亲道：“明子！唉！唉！”少年问道：“母亲，谁是明子？”母亲答道：“当你伯父少年时，他曾与一个可爱的女郎名明子的定婚。在结婚前不久，她患肺病而死。他十分悲切。她葬后，他便宣言此后永不娶妻，且筑了这座小屋在坟地旁，以便时时可以看望她的坟。这已是五十年前的事了。在这五十年中，你伯父不问寒暑，天天到她坟上祷哭，且以物祭之。但你伯父对人并不提起这事。所以，现在，明子知他将死，便来接他。那大白蝶就是她的魂呀。”

在日本又有一篇名为《飞的蝶簪》的通俗戏本，其故事似亦是从鬼魂化蝶的这个概念里演变出。蝴蝶是一个美丽的女子，因被诬犯罪及受虐待而自杀。欲为她报仇的人怎么设法也寻不出那个害她的人。但后来，这个死去妇人的发簪，化成了一只蝴蝶，飞翔于那个恶汉藏身的所在之上面，指导他们去捉他，因此得报了仇。

七

《蝴蝶梦》一剧是中国古代很流行的剧本之一。宋金院本中有《蝴蝶梦》的一个名目，元剧中有关汉卿的一本《包待制三勘蝴蝶梦》，又有萧德祥的一本同名的剧本。现在关汉卿的一本尚存在于《元曲选》中。

这个戏剧的故事，也是关于蝴蝶的，与上面所举的几则却俱不同。大略是如此：王老生了三个儿子，都喜欢读书。一天，他上街替儿子们买些纸笔，走得乏了，在街上坐着歇息，不料因冲着马头，却被骑马的一个势豪名葛彪的打死了，三个儿子听见父亲为葛彪打死，便去寻他报仇，也把他打死了。他们都被捉进监狱。审判官恰是称为“中国的苏罗门”的包拯。当他在审此案之前，曾梦自己走进一座百花烂漫的花园，见一个亭子上结下个蛛网。花间飞来一个蝴蝶，正打在网中，却又来了一个大蝴蝶，把它救出。后来，又来第二个蝴蝶打在网中，也被大蝴蝶救了。最后来了一个小蝴蝶，打在网上，却没有人救，那大蝴蝶两次三番只在花丛上飞，却不去救。包拯便动了恻隐之心，把这小蝴蝶放走了。醒来时，却正要审问王大王二王三打死葛彪的案子。他们三个人都承认葛彪是自己打死的，不干兄或弟的事。包拯说，只要一个人抵命，其他二人可以释出。便问他们的母亲，要哪一个去抵命。她说，要小的去。包拯道：“为什么？小的不是你养的么？”母亲悲哽地说道：“不是的，那两个，我是他们的继母，这一个是我的亲儿。”包拯为这个贤母的举动所感动，便想道：“梦见大蝴蝶救了两个小蝶，却不去救第三个，倒是我去救了他。难道便应在这一件事上么？”于是他假判道：“王三留此偿命。”同时却悄悄地设法，把王三也放走了。

八

还有两则放蝶的故事，也可以在最后叙一下。

唐开元的末年，明皇每至春时，即旦暮宴于宫中，叫嫔妃们争插艳花。他自己去捉了粉蝶来，又放了去。看蝶飞止在哪个嫔妃的上面，他便也去止宿于她的地方。后来因杨贵妃专宠，便不复为此戏（见《开元天宝遗事》）。

这一则故事，没有什么很深的意味，不过表现出一个淫佚的君王的轶事的一幕而已。底下的一则，事虽略觉滑稽，却很带着人道主义的精神。

“长山王进士斘生为令时，每听讼，按律之轻重，罚令纳蝶自赎。堂上千百齐放，如风飘碎锦；王乃拍案大笑。一夜，梦一女子衣裳华好，从容而入曰：‘遭君虐政，姊妹多物故，当使君先受风流之小谴耳。’言已，化为蝶，回翔而去。明日，方独酌署中，忽报直指使至，皇遽而去。闺中戏以素花簪冠上，忘除之，直指见之，以为不恭，大受斥骂而返。由是罚蝶令遂止。”（见《聊斋志异》卷十五）

阅读鉴赏

郑振铎先生在本文中，首先描绘了春天的美景，接着引出翩翩起舞的蝴蝶，然后对有关蝴蝶的文学进行了叙述。他旁征博引，引用了我国古代的相关诗词和日本的俳句，以及庄周梦蝶、梁祝化蝶等故事，夹叙夹议，阐明了蝴蝶的文化内涵。

知识拓展

蝴蝶

昆虫纲鳞翅目。头上有对复眼，二只单眼，复眼间细长的触角专司感觉。头下方的口器，呈曲管状，可伸长吸食花蜜。腹部有气孔，供呼吸用。胸部生有三对步行脚，两对翅膀。生长周期分为卵、幼虫（毛虫）、蛹及成虫四个阶段。种类繁多，分布世界各地。

考题链接

1. 作者主要通过草木泛绿、____________、____________、____________、____________、____________等六个画面来展现春景的。

2. 下面这句话反映了作者怎样的感情？

在这个时候，我们似乎感得全个宇宙都耀着微笑，都泛溢着快乐，每个生命都在生长，在向前或向上发展。

蝉与纺织娘

名师导读

作者独坐在窗前，他听到了什么呢？产生了哪些独特的感受呢？

你如果有福气独自坐在窗内，静悄悄的没一个人来打扰你，一点钟，两点钟地过去，嘴里衔着一支烟，躺在沙发上慢慢地喷着烟云，看它一白圈一白圈地升上，那么在这静境之内，你便可以听到那墙角阶前的鸣虫的奏乐。

名师点评：作者创设了一个安静闲适的环境，为下文听“虫之乐队”的演奏做好了铺垫。

那鸣虫的作响，真不是凡响；如果你曾听见过曼杜令的低奏，你曾听见过一支洞箫在月下湖上独吹着，你曾听见过红楼的重幔中透漏出的弦管声，你曾听见过流水淙淙由溪石间流过，或你曾倚在山阁上听着飒飒的松风在足下拂过，那么，你便可以把那如何清幽的鸣虫之叫声想象到一二了。

名师点评：运用排比的修辞手法，将虫鸣之声与曼杜令、洞箫、弦管、流水、风声进行对比，突出了虫鸣之声的美好。

虫之乐队，因季候的关系而颇有不同，夏天与秋令的虫声，便是截然的两样。蝉之声是高旷的，享乐的，带着自己满足之意的；它高高地栖在梧桐树或竹枝上，迎风而唱，那是生之歌——生之盛年之歌，那是结婚曲，那是中世纪武士美人的大宴时的行吟诗人之歌。无论听了那叽——叽——的曼长声，或叽格——叽格——的较短声，都可同样地受到一种轻快的美感。秋虫的鸣声最复杂。但无论纺织娘的咭嘎，蟋蟀的唧唧，金铃子之丁零，还有无数不可名状的秋虫之鸣声，其声调之凄抑却都是一样的，它们唱的是秋之歌，是暮年之歌，是薤露之曲。它们的歌声，是如秋风之扫落叶，怨妇之奏琵琶，孤峭而幽奇，清远而凄迷，低回而愁肠百结。你如果是一个孤客，独宿于荒郊逆旅，一盏荧荧的油灯，对着一张板床，一张木桌，一二张硬板凳，再一听见四壁唧唧知知的虫声间作，那你今夜便不用再想稳稳地安睡了，什么愁情，乡思，以及人生之悲感，都会一串一串地从根儿勾引出来，在你心上翻来覆去，如白老鼠在戏笼中走轮盘一般，一上去便不用想下来憩息。如果你不是一个客人，你有家庭，你有很好的太太，你并没有什么闲愁胡想，那么，在你太太已睡之后，你想在书房中静静地写些东西时，这唧唧的秋虫之声却也会无端地窜入你的心里，翻掘起你向不曾有过的一种凄感呢。如果那一夜是一个月夜，天井里统是银白色，枯秃的树影，一根一条地很清朗地印在地上，那么你的感触将更深了。那也许就是所谓悲秋。

名师点评

作者运用比喻的修辞手法，说明了秋虫的鸣声孤幽凄迷、低徊哀怨、悲凉的特点，形象生动。

思考探究

作者为什么要重点指出月夜的感触最深呢？联系生活实际，想一想是不是这样。

秋虫之声，大都在蝉之夏曲已告终之后出现，那正与气候之寒暖相应。但我却有一次奇异的经验；在无数的纺织娘之鸣声已来了之后，却又听得满耳的蝉声。我想我们的读者中有这种经验的人是必不多的。

我在山中，每天听见的只有蝉声，鸟声还比不上。那时天气是很热，即在山上，也觉得并不凉爽。正午的时候，躺在廊前的藤榻上，要求一点的凉风，却见满山的竹树梢头，一动也不动，看看足底下的花草，也都静静地站着，如老僧入了定似的。风扇之类既得不到，只好不断地用手巾来拭汗，不断地摇挥那纸扇了。在这时候，往往有几缕的蝉声在槛外鸣奏着。闭了目，静静地听了它们在忽高忽低，忽断忽续，此唱彼和，仿佛是一大阵绝清幽的乐队在那里奏着绝清幽的曲子，炎热似乎也减少了，然后，朦胧地睡去了，什么都不觉得。良久，良久，清梦醒来时，却又是满耳的蝉声。山中的蝉真多！绝早的清晨，老妈子们和小孩子们常去抱着竹竿乱摇一阵，而一只二只的蝉便要跟随了朝露而落到地上了。每一个早晨，在我们滴翠轩的左近，至少是百只以上之蝉是这样地被捉。但蝉声却并不减少。

常常的，一只蝉两只蝉，叽的一声，飞入房内，如平时我们所见的青油虫及灯蛾之飞入一样。这也是必定被人所捉的。有一天，见有什么东西在槛外倒水的铅斗中咯笃咯笃地作响，俯身到槛外一看，却又是一只蝉，这当然又是一个俘虏了。还有好几次，在山脊上走时，忽见矮林丛中有什么东西在动，拨开林丛一看，却也是一只蝉。它是被竹枝竹叶挡阻住了不能飞去。我把它拾在手中。同行的心南先生说，“这有什么稀奇，放走了它吧。要多少还怕没有！”我便顺手把它向风中一送，它悠悠扬扬地飞去很远很远，渐渐地不见了。我想不到这只蝉就在刚才是地上拾了来的那一只！

初到时，颇想把它们捉几个寄到上海去送人。有一次，便托了老妈子去捉。她在第二天一早，果然捉了五六只来放在一个大香烟纸盒中，不料给依真一见，她却吵着，强迫地要去。我又托那个老妈子去捉。第

名师点评

求凉风而不得，周围一动不动的花草树木更突出了天气的炎热。

名师点评

蝉每天都被捉，却不见减少，可见蝉多。

名师点评

蝉竟然多到随手可捉。捉蝉的事例增添了文章的趣味。

二天，又捉了四五只来。依真的纸盒中却只剩下两只活的，其余的都死了。到了晚上，我的几只，也死了一半。因此，寄到上海的计划遂根本地打消了。从此以后，便也不再托人去捉，自己偶然捉来的，也都随手放去了。那样不经久的东西，留下了它干什么用！不过孩子们却还热心地去捉。依真每天要捉至少三只以上用细绳子缚在铁杆上。有一次，曾有一只蝉居然带了红绳子逃去了；很长的一根红绳子，拖在它后面，在风中飘荡着，很有趣味。

名师点评

描写蝉带着红绳逃走的样子，具有画面感。

半个月过去了；有的时候，似乎蝉声略少，第二天却又多了起来。虽然是叽——叽——地不息地鸣着，却并不觉喧扰；所以大家都不讨厌它们。我却特别爱听它们的歌唱，那样的高旷清远的调子，在什么音乐会中可以听得到！所以我每以蝉声将绝为虑，时时干涉孩子们的捕捉。

到了一夜，狂风大作，雨点如从水龙头上喷出似的，向槛内廊上倾倒。第二天还不放晴。再过一天，晴了，天气却很凉，蝉声乃不再听见了！全山上的鸣唱着的却换了一种咕嘎——咕嘎——的急促而凄楚的调子，那是纺织娘。

名师点评

很新奇的比喻，表现了雨势之大。

"秋天到了！"我这样说着，颇动了归心。

再一天，纺织娘还是咕嘎咕嘎地唱着。

然而，第三天早晨，当太阳晒得满山时，蝉声却又听见了！且很不少。我初听不信；叽——叽——叽格——叽格——那确是蝉声！纺织娘之声却又潜踪了。

蝉回来了，跟它回来的是炎夏。从箱中取出的棉衣又复放入箱中。下山之计遂又打消了。

名师点评

听到蝉声，就取消了下山的计划，可见作者对蝉鸣的喜爱。

谁曾于听了纺织娘歌声之后再听见蝉的夏曲呢？这是我的一个有趣的经验。

阅读鉴赏

作者运用比喻、排比、拟人、联想、对比等多种表现手法，描绘了“虫之乐队”“演奏”的情景，充分调动了读者的想象力，使虫鸣形象生动地展现出来，作者对生活的感受和对大自然的喜爱之情也展露无遗。

知识拓展

纺织娘

昆虫纲直翅目螽斯科。身体呈绿色或褐色，触角细长；后脚壮而长，善跳跃。雄虫的前翅有鸣器，因为发出的声音像织布机的声音，所以被称为“纺织娘”。

考题链接

下列对文本相关内容和艺术特色的分析鉴赏，不正确的一项是（　　）

A. 炎热的夏季，“我”在山中小居时，“闭目”听着蝉鸣，“炎热似乎也减少了”，这是在暗示读者，夏季炎热时可听蝉鸣来避暑。

B. 作者描述自己的山居情景，描写大自然不同季节的虫鸣声，特别是描写蝉在不同情状下的神态，表明了作者观察生活的细致。

C. 文章开头段运用对比手法，写了对听夏季蝉声和秋季虫声的不同感受，读者能从这种不同感受中体味出作者的情感趣味和态度。

D. 文章借助比喻和联想等手法，对“忽高忽低，忽断忽续，此唱彼和”的蝉之曲给予了热情的赞颂，流露出作者对生活的态度。

苦鸦子

乌鸦是那么黑丑的鸟，一到傍晚，便成群结阵地飞于空中，或三两只栖于树下，“苦呀，苦呀”地叫着，更使人起了一种厌恶的情绪。虽然中国许多抒情诗的文句，每每把鸦美化了，如“寒鸦数点”“暮鸦栖未定”之类，读来未尝不觉其美，等到一听见其声，思想的美感却完全消失了，心上所有的只是厌恶。

在山中也与在城市中一样，免不了鸦的干扰。太阳的淡金色光线，弱了，柔和了，暮霭渐渐朦胧地如轻纱似的幔罩于岗峦之腰、田野之上，西方是血红的一个大圆盘悬在地平线上，四边是金彩斑斓的云霞，点染在半天；工作之后，躺在藤榻上，有意无意地领略着这晚霞天气的图画。经过了这样静谧的生活的，准保他一辈子不会忘了，至少是要在城市的狭室中不时想起的。不幸这恬静可爱的山中的黄昏，却往往为“苦呀，苦呀”的鸦声所乱。

有一天，晚餐吃得特别早；几个老婆子趁着太阳光未下山，把厨房中盆碗等物都收拾好了，便也上楼靠在红栏杆上闲谈。

“苦呀！苦呀！”几只乌鸦栖在对面一株大树上，正朝着我们此唱彼和地歌叫着。

“苦鸦子！我们乡下人总说她是嫂嫂变的。”汤妈说。

江妈接着道：“我们那里也有这话。婆婆很凶，姑娘又会挑嘴，弄得嫂嫂常常受婆婆的气，还常常打她，男人又一年间没有几时在家。有一次，她把米饭从后门给了些叫化的；她姑娘看见了，马上去告诉她的娘。还挑拨地说：‘嫂嫂常常把饭给人家。’于是婆婆生了大气，用后门的门闩，没头没脑地打了她一顿，她浑身是伤，气不过，就去投河。却为邻居看见了救起，把她湿淋淋地送回家。她婆婆姑娘还骂她假死吓诈人。当夜，她又用衣带把自己吊死在床前了。过了几个月，她男人回家。他的娘却淡淡地说，她得病死了。但她的灵魂却变了乌鸦，天天在屋前树上‘苦呀，苦呀’地叫着。”

“做人家媳妇实在不容易。”江妈接着说，“像我们那里媳妇吃苦的真不少！”

汤妈说：“可不是！前半年少爷家里用的叶妈还不是苦到无处说！一天到晚打水、烧饭、劈柴、种田、摘豆子，她婆婆还常常叽里咕噜骂她。碰到丈夫好些的，也还好，有地方说说。她的丈夫却又是牛脾气，好赌。输了，总拿她来出气，打得呀浑身是伤！有一次，她给我看，一身的青肿，半个月一个月还不会退。好容易来帮人家，虽然劳碌些，比在家里总算是好得多了。一月三块半工钱，一个也不能少，都要寄回家。她丈夫还时时来找她要钱！她说起来常哭！上一次，她不是辞了回家么？那是她丈夫为了赌钱的事，被人家打伤了，一定要她回去服侍。这一向都没有信来，问她乡里人也不知道。这一半年总不见得会出来了。”

江妈道：“汤奶奶你是好福气！说是童养媳，婆婆待你比自己的女儿还好。男人又肯干，家里积的钱不少了，去年不是又买了几亩田么？你真可以回去享福了，汤奶奶！”

“哪里的话！我们哪里说得上享福两个字！我们的婆婆待我可真不差，比自己的姆妈还好！”

这时，一声不响的刘妈插嘴道：“汤奶奶待她婆婆也真是好；自己的娘病，还不大挂心，听说她婆婆有什么难过，就一定要回去看看的了！上次她婆婆还托人带了大棉袄给她，真是疼她！”

汤妈指着刘妈向江妈道：“她真可怜！人是真好，只可惜有些太老实，常给人欺负。她出来帮人家也是没法的。她家里不是少吃的、穿的，只是她婆婆太厉害了，不是打，就是骂，没有一天有好日子过。自从她男人死了，婆婆更恨她入骨，说她是克夫。她到外边来，赛如在天堂上！”

刘妈一声不响地听着她在谈自己的身世。栏杆外面乌鸦还是一声“苦呀，苦呀”在叫着，夜色已经成了深灰色了。

“刘妈，天黑了，怎么还不点灯？天天做的事都会忘了么！”她主妇的声音，严厉地由后房传出。

“噢，来了！”刘妈连忙答应，慌慌张张地到后面去了。

“真作孽，像她这样的人，到处要给人欺负。”江妈说，“还好，她是个呆子，看她一天到晚总是嘻嘻的笑脸。”

“不！”汤妈说，“别看她呆头呆脑的；她和我谈起来，时时落泪呢。有一次，给她主妇大骂了一顿以后，她便跑到自己房里痛哭。到了夜里，我睡时，还听见她在呜咽地抽泣！”

想不到刘妈是这样的一个人，自到山中来后，我们每以她为乐天的痴呆人，往往拿她来取笑，她也从没有发怒过，谁晓得她原是这样的一个“苦鸦子”！

这时，黑夜已经笼罩了一切。江妈说：“我也要去点灯了。”

“苦呀，苦呀”的乌鸦已经静止，大约它们是栖定在巢中了。

海燕

乌黑的一身羽毛，光滑漂亮，极伶极俐，加上一双剪刀似的尾巴。一对劲俊轻快的翅膀，凑成了那样可爱的活泼的一只小燕子。当春间二三月，轻飔微微地吹拂着，如毛的细雨无因地由天上洒落着，千条万条的柔柳，齐舒了它们的黄绿的眼，红的白的黄的花，绿的草，绿的树叶，皆如赶赴市集者似的奔聚而来，形成了烂漫无比的春天时，那些小燕子，那么伶俐可爱的小燕子，便也由南方飞来。加入了这个隽妙无比的春景的图画中，为春光平添了许多的生趣。小燕子带了它的双剪似的尾，在微风细雨中，或在阳光满地时，斜飞于旷亮无比的天空之上，唧的一声，已由这里稻田上，飞到了那边的高柳之下了。同几只却隽逸地在粼粼如縠纹的湖面横掠着，小燕子的剪尾或翼尖，偶沾了水面一下，那小圆晕便一圈一圈地荡漾了开去。那边还有飞倦了的几对，闲散地憩息于纤细的电线上——嫩蓝的春天，几支木杆，几痕细线连于杆与杆间，线上是停着几个粗而有致的小黑点，那便是燕子，是多么有趣的一幅图画呀！还有一家家的快乐家庭，他们还特为我们的小燕子备了一个两个小巢，放在厅梁的最高处，假如这家有了一个匾额，那匾后便是小燕子最好的安巢之所。第一年，小燕子来住了，第二年，我们的小燕子，就是去年的一对，它们还要来住。

“燕子归来寻旧垒。”

还是去年的主，还是去年的宾，他们宾主间是如何的融融洽洽呀！偶然的有几家，小燕子却不来光顾，那便很使主人忧戚，他们邀召不到那么隽逸的嘉宾，每以为自己运命的蹇劣呢？

这便是我们故乡的小燕子，可爱的活泼的小燕子；曾使几多的孩子们欢呼着，注意着，沉醉着，曾使几多的农人们市民们忧戚着，或舒怀地指点着，且曾平添了几多的春色，几多的生趣于我们的春天的小燕子！

如今，离家是几千里！离国是几千里！托身于浮宅之上，奔驰于万顷海涛之间，不料却见着我们的小燕子。

这小燕子，便是我们故乡的那一对，两对么？便是我们今春在故乡所见的那一对，两对么？

见了它们，游子们能不引起了，至少是轻烟似的，一缕两缕的乡愁么？

海水是皎洁无比的蔚蓝色，海波是平稳得如春晨的西湖一样，偶有微风，只吹起了绝细绝细的千万个粼粼的小皱纹，这更使照晒于初夏之太阳光之下的、金光烂灿的水面显得温秀可喜。我没有见过那么美的海！天上也是皎洁无比的蔚蓝色，只有几片薄纱似的轻云，平贴于空中，就如一个女郎，穿了绝美的蓝色夏衣，而颈间却围绕了一段绝细绝轻的白纱巾。我没有见过那么美的天空！我们倚在青色的船栏上，默默地望着这绝美的海天；我们一点杂念也没有，我们是被沉醉了，我们是被带入晶天中了。

就在这时，我们的小燕子，二只，三只，四只，在海上出现了。它们仍是隽逸地从容地在海面上斜掠着，如在小湖面上一样；海水被它的似剪的尾与翼尖一打，也仍是连漾了好几圈圆晕。小小的燕子，浩莽的大海，飞着飞着，不会觉得倦么？不会遇着暴风疾雨么？我们真替它们担心呢！

小燕子却从容地憩着了。它们展开了双翼，身子一落，落在海面上了，双翼如浮圈似的支持着体重，活是一只乌黑的小水禽，在随波上下地浮着，又安闲，又舒适。海是它们那么安好的家，我们真是想不到。

在故乡，我们还会想象得到我们的小燕子是这样的一个海上英雄么？

海水仍是平贴无波，许多绝小绝小的海鱼，为我们的船所惊动，群向远处窜去，随了它们飞窜着，水面起了一条条的长痕，正如我们当孩子时之用瓦片打水漂在水面所划起的长痕。这小鱼是我们小燕子的粮食么？

小燕子在海面上斜掠着，浮憩着。它们果是我们故乡的小燕子么？

啊，乡愁呀，如轻烟似的乡愁呀！

鸦鹏与鱼

夕阳的柔红光，照在周围十余里的一个湖泽上，没有什么风，湖面上绿油油的像一面镜似的平滑。一望无垠的稻田。垂柳松杉，到处点缀着安静的景物。有几只渔舟，在湖上碇泊着。渔人安闲地坐在舵尾，悠然地在吸着板烟。船头上站立着一排士兵似的鸦鹏，灰黑色的，喉下有一大囊鼓突出来。渔人不知怎样地发了一个命令，这些水鸟们便都扑扑地钻没入水面以下去了。

湖面被冲荡成一圈圈的粼粼小波。夕阳光跟随着这些小波浪在跳跃。

鸦鹏们陆续地钻出水来，上了船。渔人忙着把鸦鹏们喉囊里吞装着的鱼，一只只地用手捏压出来。

鸦鹏们睁着眼睛望着。

平野上炊烟四起，袅袅地升上晚天。

渔人拣着若干尾小鱼，逐一抛给鸦鹏们吃，鸦鹏一口便咽了下去。

提起了桨，渔人划着小舟归去。湖面上刺着一条水痕。鸦鹏们士兵似的齐整地站立在船头。

天色逐渐暗了下去。湖面上又平静如恒。

这是一幅很静美的画面，富于诗意；诗人和画家都要想捉住的题材。

但隐藏在这静美的画面之下的，却是一个残酷可怖的争斗，生与死的争斗。

在湖水里生活着的大鱼小鱼们看来，渔人和鸦鹏们都是敌人，都是蹂躏它们，致它们于死地的敌人。

但在鸦鹏们看来，究竟有什么感想呢？

鸦鹏们为渔人所喂养，发挥着他们捕捉鱼儿的天性，为渔人干着这种可怖的杀鱼事业。它们自己所得的却是那么微小的酬报！

当它们兴高采烈地钻没入水面以下时，它们只知道捕捉，吞食，越多越好。它们曾经想到过：钻出水面，上了船头时，它们所捕捉、所吞食的鱼儿们依然要给渔人所逐一捏压出来，自己丝毫不能享用的么?

它们要是想到过，只是作为渔人的捕鱼的工具，而自己不能享用时，恐怕它们便不会那么兴高采烈地在捕捉、在吞食罢。

渔人却悠然地坐在船梢，安闲地抽着板烟，等待着鹈鹕们为他捕捉鱼儿。一切的摆布，结果，都是他事前所预计着的。难道是“运命”在播弄着的么，渔人总是在“收着渔人之利”的；鹈鹕们天生的要为渔人而捕捉、吞食鱼儿；鱼儿们呢，仿佛只有被捕捉，被吞食的份儿，不管享用的是鹈鹕们或是渔人。

在人间，在沦陷区里，也正演奏着鹈鹕们的“为他人作嫁衣裳”的把戏。

当上海在暮影笼罩下，蝙蝠们开始乱飞，狐兔们渐渐地由洞穴里爬了出来时，敌人的特工人员（后来是“七十六号”里的东西），便像夏天的臭虫似的，从板缝里钻出来找“血”喝。

他们先拣肥的，有油的，多血的人来吮、来咬、来吃。手法很简单：捉了去，先是敲打一顿，乱踢一顿——掌颊更是极平常的事——或者吊打一顿，然后对方的家属托人出来说情。破费了若干千万，喂得他们满意了，然后才有被释放的可能。其间也有清寒的志士们只好挺身牺牲。但不花钱的人恐怕很少。

某君为了私事从香港到上海来，被他们捕捉住，作为重庆的间谍看待。囚禁了好久才放了出来。他对我说：先要用皮鞭抽打，那尖长的鞭梢，内里藏的是钢丝，抽一下，便深陷在肉里；抽了开去时，留下的是一条鲜血痕。稍不小心，便得受一掌、一拳、一脚。说时，他拉开裤脚管给我看，大腿上一大块伤痕，那是敌人用皮靴狠踢的结果。他不说明如何得释，但恐怕不会是很容易的。

那些敌人的爪牙们，把志士们乃至无数无辜的老百姓们捕捉着，吞食着。且偷、且骗、且抢、且夺的，把他们的血吮着、吸着、喝着。

爪牙们被喂得饱饱的，肥头肥脑的，享受着有生以来未曾享受过的“好福好禄”。所有出没于灯红酒绿的场所，坐着汽车疾驰过街的，大都是这些东西。

有一个坏蛋中的最坏的东西，名为吴世宝，出身于保镖或汽车夫之流，从不名一钱的一个街头无赖，不到几时，洋房有了，而且不止一所；汽车有了，而且也不止一辆；美妾也有了，而且也不止一个。有一个传说，说他的洗澡盆是用银子打成的，金子熔铸的食具以及其他用具，不知有多少。

他享受着较桀纣还要舒适奢靡的生活。

金子和其他的财货一天天地多了，更多了，堆积得恐怕连他自己也不知其数。都是从无辜无告的人那里榨取偷夺而来的。

怨毒之气一天天地深；有无数的流言蜚语在传播着。

群众们侧目而视，重足而立；“吴世宝”这三个字，成为最恐怖的“毒物”的代名词。他的主人（敌人）觉察到民怨沸腾到无可压制的时候，便一举手把他逮捕了，送到监狱里去。他的财产一件件地被吐了出来——不知到底吐出了多少。等到敌人，他的主人觉得满意了，而且说情的人也渐渐多了，才把他释放出来。但在临释的时候，却嗾使猘狗咬断了他的咽喉。他被护送到苏州养伤，在受尽了痛苦之后，方才死去。

这是一个最可怖的鹈鹕的下场。

敌人博得了“惩”恶的好名，平息了一部分无知的民众的怨毒的怒火，同时却获得了吴世宝积恶所得的无数掳获物，不必自己去搜括。

这样的效法喂养鹈鹕的渔人的办法，最为恶毒不过。安享着无数的资产，自己却不必动一手，举一足。

鹈鹕们一个个地上场，一个个地下台。一时意气昂昂，一时却又垂头丧气。

然而没有一个狐兔或臭虫视此为前车之鉴的。他们依然在搜括、在捕捉、在吞食，不是为了他们自己，却是为了他们的主人。

他们和鹈鹕们同样的没有头脑，没有灵魂，没有思想。他们一个个走上了同样的没落的路，陷落在同一的悲惨的运命里。然而一个个却都踊跃地向坟墓走去，不徘徊，不停步，也不回头。

猫

名师导读

作者是爱猫的，可是他养的猫为什么总是失踪或者死亡呢？作者叙述自己养猫的经历寄托了怎样的情感呢？

我家养了好几次的猫，结局总是失踪或死亡。三妹是最喜欢猫的，她常在课后回家时，逗着猫玩。有一次，从隔壁要了一只新生的猫来。花白的毛，很活泼，常如带着泥土的白雪球似的，在廊前太阳光里滚来滚去。三妹常常地，取了一条红带，或一条绳子，在它面前来回地拖摇着，它便扑过来抢，又扑过去抢。我坐在藤椅上看着他们，可以微笑着消耗过一二小时的光阴，那时太阳光暖暖地照着，心上感着生命的新鲜与快乐。后来这只猫不知怎地忽然消瘦了，也不肯吃东西，光泽的毛也污涩了。终日躺在客厅上的椅下，不肯出来。三妹想着种种方法去逗它，它都不理会。我们都很替它忧郁。三妹特地买了一个很小很小的铜铃，用红绫带穿了，挂在它颈下，但只显得不相称，它只是毫无生气地、懒惰地、郁闷地躺着。又一天中午，我从编译所回来，三妹很难过地说道：“哥哥，小猫死了！”

我心里也感着一缕的酸辛，可怜这两个月来相伴的

名师点评

开头就提出全文的主要内容，是关于猫的失踪和死亡的，奠定了全文的感情基调。

名师点评

感着生命的新鲜与快乐，这也许是作者爱猫的原因吧。同时点染了作者闲适的心境。

小侣！当时只得安慰着三妹道："不要紧，我再向别处要一只来给你。"

隔了几天，二妹从虹口舅舅家里回来，她道，舅舅那里有三四只小猫，很有趣，正要给人家。三妹便怂恿着她去拿一只来。礼拜天，母亲回来了，却带了一只浑身黄色的小猫回来。立刻三妹一部分的注意，又被这只黄色的小猫吸引去了。这只小猫较第一只更有趣，更活泼。它在园中乱跑，又会爬树，有时蝴蝶安详地飞过时，它也会扑过去捉。它似乎太活泼了，一点也不怕生人，有时由树上跃到墙上，又跑到街上，在那里晒太阳。我们都很为它提心吊胆，一天都要"小猫呢？小猫呢？"地查问好几次。每次总要寻找一回，方才寻到。三妹常指它笑着骂道："你这小猫呀，要被乞丐捉去后才不会乱跑呢！"我回家吃午饭，它总坐在铁门外边，一见我进门，便飞也似地跑进去了。饭后的娱乐，是看它在爬树，隐身在阳光隐约里的绿叶中，好像在等待着要捉捕什么似的。把它捉了下来，又极快地爬上去了。过了二三个月，它会捉鼠了。有一次，居然捉到一只很肥大的鼠，自此，夜间便不再听见讨厌的"吱吱"的声音了。

某一日清晨，我起床来，披了衣下楼，没有看见小猫，在小园里找了一遍，也不见。心里便有些亡失的预警。

"三妹，小猫呢？"

她慌忙地跑下楼来，答道："我刚才也寻了一遍，没有看见。"

家里的人都忙乱地在寻找，但终于不见。

李妈道："我一早起来开门，还见它在厅上，烧饭时，才不见了它。"

名师点评

点出猫不怕生人的特点，为其的失踪做好了铺垫。

名师点评

表现了猫在主人生活中的作用，为下文猫丢失后主人的伤心做铺垫。

大家都不高兴，好像亡失了一个亲爱的同伴，连向来不大喜欢它的张妈也说：“可惜，可惜，这样好的一只小猫。”

这使我心里还有一线希望，因为它偶然跑到远处去，也许会认得归途的。

午饭时，张妈诉说道：“刚才遇到隔壁周家的丫头，她说，早上看见我家的小猫在门外，被一个过路的人捉去了。”

于是这个亡失证实了。三妹很不高兴地，咕噜着道：“他们看见了，为什么不出来阻止？他们明晓得它是我家的！”

我也怅然地，愤然地，在咒骂着那个不知名的夺去我们所爱的东西的人。

自此，我家好久不养猫。

冬天的早晨，门口蜷伏着一只很可怜的小猫，毛色是花白的，但并不好看，又很瘦。它伏着不去。我们如不取来留养，它就要为冬寒与饥饿所杀。张妈把它拾了进来，每天给它饭吃。但大家都不大喜欢它，它不活泼，也不像别的小猫之喜欢游玩，好像是具有天生的忧郁似的，连三妹那样爱猫的，对于它，也不加注意。如此地，过了几个月，它在我家仍是一只若有若无的动物，它渐渐地肥胖了，但仍不活泼。大家在廊前晒太阳闲谈着时，它也常来蜷伏在母亲和三妹的足下。三妹有时也逗着它玩，但并没有对于前几只猫那样感兴趣。有一天，它因夜里冷，钻到火炉底下去，毛被烧脱好几块，更觉得难看了。

春天来了，它成了一只壮猫了，却仍不改它的忧郁，也不去捉鼠，终日懒惰地伏着，吃得胖胖的。

名师点评

表现了作者一家的伤心和痛苦。

名师点评

这只猫给人的印象是负面的，所以大家都不喜欢它，为下文鸟被咬死后大家对它的怀疑做铺垫。

这时，妻买了一对黄色白芙蓉鸟来，挂在廊前，叫得很好听。妻常常叮咛着张妈换水，加鸟粮，洗刷笼子。那只花白猫对这一对黄鸟，似乎也特别注意，常常跳在桌上，对鸟笼凝望着。

妻道："张妈，留心猫，它会吃鸟呢。"

张妈便跑来把猫捉了去，隔一会儿，它又跳上桌子对鸟笼凝望着了。

一天，我下楼时，听见张妈在叫道："鸟死了一只，一条腿没有了，笼板上都是血。是什么东西把它咬死的？"

我匆匆跑下去看，果然一只鸟是死了，羽毛松散着，好像它曾与它的敌人挣扎了许多。

我很愤怒，叫道："一定是猫，一定是猫！"于是立刻便去找它。

妻听见了，也匆匆地跑下来，看了死鸟，很难过，便道："不是这猫咬死的还有谁？它常常对着鸟笼望着，我早就叫张妈要小心了。张妈！你为什么不小心？"

张妈默默无言，不能有什么话来辩护。

于是猫的罪状证实了。大家都去找这可厌的猫，想给它以一顿惩戒。找了半天，却没找到。真是"畏罪潜逃"了，我以为。

三妹在楼上叫道："猫在这里了。"

它躺在露台板上晒太阳，态度很安详，嘴里好像还在吃着什么。我想它一定是在吃着这可怜的鸟的腿了，一时怒气冲天，拿起楼门旁倚着的一根木棒，追过去打了一下。它很悲楚地叫了一声"咪呜！"便逃到屋瓦上了。

我心里还愤的，以为惩戒得还没有快意。

名师点评

语言描写，表现了"我"的愤怒，而"我"的不加分析的推断则说明了"我"的武断。

名师点评

对人物心理的真实刻画，这就是智子疑邻。

隔了几天，李妈在楼下叫道："猫，猫！又来吃鸟了。"同时我看见一只黑猫飞快地跳过露台、嘴里衔着一只黄鸟。我开始觉得我是错了！

我心里十分难过，真的，我的良心受伤了，我没有判断明白，便妄下断语，冤枉了一只不能说话辩诉的动物。想到它的无抵抗的逃避，益使我感到我的暴怒，我的虐待，都是针，刺我的良心的针！

我很想补救我的过失，但它是不能说话的，我将怎样地对它表白我的误解呢？

两个月后，我们的猫忽然死在邻家的屋脊上。我对于它的亡失，比以前两只猫的亡失，更难过得多。

我永无改正我的过失的机会了！

自此，我家永不养猫。

阅读鉴赏

这篇文章中最触动人心的就是作者的悔过。他用了两段文字来表达对自己的过失忏悔。作者先是用"我心里十分难过"来表明自己的难过和后悔之情，接着具体说明，"妄下断语"和猫的"无抵抗的逃避"使这种悔恨之情更加凸显。作者的感叹"都是针，刺我良心的针！"，强烈的悔意展现于字里行间。可是，这种痛苦还不是最重的，最让人痛苦的是"我"的痛苦是无法言说，无法补救的，因为猫不会说话，也没有办法听到"我"的言说。所以作者只能深受不可言说的痛苦的折磨，最终"永不养猫"。

知识拓展

芙蓉鸟

又名金丝雀，属雀科，毛色分黄色、白色和红色三种，翼长 20 — 23 厘米，体长约 12.5 厘米，体重 15 — 20 克，喜爱鸣叫，属于鸣禽，现已成为家养宠物之一。野生芙蓉鸟喜欢在灌木和树林间筑巢。马德拉群岛、亚速尔群岛以及加那利群岛是芙蓉鸟的繁殖地。芙蓉鸟是羽色和鸣叫兼优的笼养观赏鸟。有 24 个品种，在世界各地皆被列为高贵笼养观赏鸟之一。中国国内的金丝雀主要有“山东种”“扬州种”和德国“罗娜种”3 个品种。

考题链接

1. 为什么说“我对于它的亡失，比以前的两只猫的亡失，更难过得多”？

______

______

2. “自此，我家永不养猫”包含着作者怎样的思想感情？

______

______

3. 本文采用第一人称的叙述方式，有什么好处？

______

______

秋夜吟

幸亏找到了小石。这一年的夏天特别热，整个夏天我以面包和凉开水作为午餐；等太阳下去，才就从那蛰居小楼的蒸烤中溜出来，嘘一口气，兜着圈子，走冷僻的路到他家里，用我们的话，“吃一顿正式的饭”。

小石是一个顽皮的学生，在教室里发问最多，先生们一不小心，就要受窘。但这次在忧患中遇见，他却变得那么沉默寡言了。既不问我为什么不到内地去，也不问我在上海有什么任务，当然不问我为什么不住在庙弄，绝对不问我如今住在什么地方。

我突然找到他了，突然每晚到他家里吃饭了，然而这仿佛是平常不过的事，早已如此，一点不突然。料理饮食的也是小石一位朋友的老太太，我们共同享用着正正式式的刚煮好的饭，还有汤——那位老太太在午间从不为自己弄汤菜，那是太奢侈了。——在那里，我有一种安全的感觉。直到有一次我在这“晚宴”上偶然缺席，第二天去时看到他们的脸上是怎样从焦虑中得到解放，才知道他们是如何理解我的不安全。那位老太太手里提着铲刀，迎着我说：“哎呀，郑先生，您下次不来吃饭最好打电话来关照一声啊，我们还当您怎么了呢。”

然而小石连这个也不说。

于是只好轮到我找一点话，在吃过晚饭之后，什么版画，元曲，变文，老庄哲学，都拿来乱谈一顿，自己听听很像是在上文学史之类，有点可笑。

于是我们就去遛马路。

有时同着二房东的胖女孩，有时拉着后楼的小姐 L，大家心里舒舒坦坦地出去“走风凉”。小石是喜欢魏晋风的，就名之谓“行散”。

遛着遛着也成为日课，一直到光脚踏屐的清脆叩声渐渐冷落下来，后门口乘风凉的人们都缩进屋里去了，我们行散的兴致依然不减。

秋天的黄昏比夏天的更好，暮霭像轻纱似的一层一层笼罩上来，迷迷糊糊的雾气被凉风吹散。夜了，反觉得亮了些，天蓝得清清净净，撑得高高的，嵌出晶莹皎洁的月亮，真是濯心涤神，非但忘却追捕、躲避、恐怖、愤怒，直要把思维上腾到国家世界以外去。

我们一边走着，一边谈性灵，谈人类的命运，争辩月之美是圆时还是缺时，是微云轻抹还是万里无垠……

小石的住所朝南再朝南。是徐家汇路，临着一条河，河南大都是空地和田，没有房子遮着，天空更畅得开，我们从打浦桥顺着河沿往下走往下走，把一道土堆算城墙，又一幢黑魆魆的房屋算童话里的堡垒，听听河水是不是在流。

走得微倦，便靠在河边一株横倒的树干上，大家都不谈话。

可是一阵风吹过来了，夹着河水污浊的气味，熏得我们站起来。这条河在白天原是不可向迩的。“夜只是遮盖，现实到底是现实，不能化朽腐为神奇！”小石叹了口气。

觉着有点凉，我随手取起了放在树干上的外衣，想穿。“嗄！”L叫了起来，“有毛毛虫！”外衣上附着两只毛虫呢，连忙抖拍了下去。大家一阵忙，皮肤起着栗，好像有虫在爬。

“不要神经过敏了，听，叫哥哥在叫呢。”

“不，那是纺织娘。”

“哪里，那一定是铜管娘。”

“什么铜管娘，昆虫学里没有的名字。”

其实谁也没有研究过昆虫学。热心地争论起来了，把毛毛虫的不快就此抖掉。

“听，那边更多呢。”“那边更多吧。”

一路倾听过去，忽然有一个孩子的声音叫：

“在这里了。”

那是一个穿了睡衣裤的小孩，手里执着小竹笼，一条辫子梢上还系着红线，一条辫子已经散了，大概是睡了听见叫哥哥叫得热闹又爬起来的。

“你不要动，等我捉。”铁丝网那边的丛莽中有一个男人在捉，看样子很是外行，拿了盒火柴，一根根划着。

秋虫的声音到处都是，可是去捉呢，又像在这里，又像在那里，孩子怕铁丝网刺他，又急着捉不到，直叫。

小石也钻进丛莽里去了。

一个骑自行车的人经过，也停下来，放好了车，取下了车上的电石灯，也加入去捉了。

这人可是个惯家，捉了一会，他说：“不行，这样，你拿着灯，我们来捉。”原来的男人很听话地赶快把灯接过来，很合拍地照亮着。

果然，不一会，骑自行车的人就捉到了一只，大家钻出来，孩子喜欢得直跳。

骑自行车的人大大的手里夹着叫哥哥，因为感觉到大家欣赏他的成功而害羞，怯怯地说道：“给谁呢？给谁呢？”

原来在捉的男人就推给小石说：“先给他吧，他不会捉的。”孩子也说：“给你吧，我们还好再捉。”

小石被这亲热的退让和赠予弄得不好意思起来，连忙走开去，说：“哪里，哪里，我原不想要，我是帮你们捉的，”想想自己又不会捉，又改说，“我不过凑凑热闹。”

我们也说：“小妹妹别客气了，把它放在笼子里吧，看跳掉了。”

那个孩子才欢欢喜喜感谢地要了，男人和骑自行车的又钻进丛莽中去。

小石一边走，一边笑，一边咕噜：“我又不是小孩子，推给我做什么。”

L说：“人家当你比那个小孩还小啦，这又有什么可脸红的呢。”

于是小石就辩了：“月亮光底下看得出脸红脸白么。”

其实我们大家都饫饮这善良的温情而陶然了。

走得很远，回过头去，还看得见丛莽里一闪一闪亮着自行车的摩电灯。

宴之趣

虽然是冬天，天气却并不怎么冷，雨点淅淅沥沥地滴个不已，灰色云是弥漫着；火炉的火是熄灭了，在这样的秋天似的天气中，生了火炉未免是过于燠暖了。家里一个人也没有，他们都出外“应酬”去了。独自在这样的房里坐着，读书的兴趣也引不起，偶然地把早晨的日报翻着，翻着，看看它的广告，忽然想起去看 *Merry Widow* 吧。于是独自地上了电车，到派克路跳下了。

在黑漆的影戏院中，乐队悠扬地奏着乐，白幕上的黑影，坐着，立着，追着，哭着，笑着，愁着，怒着，恋着，失望着，决斗着，那还不是那一套，他们写了又写，演了又演的那一套故事。

但至少，我是把一句话记住在心上了：

“有多少次，我是饿着肚子从晚餐席上跑开了。”

这是一句隽妙无比的名句；借来形容我们宴会无虚日的交际社会，真是很确切的。

每一个商人、每一个官僚，每一个略略交际广了些的人，差不多他们的每一个黄昏，都是消磨在酒楼菜馆之中的。有的时候，一个黄昏要赶着去赴三四处的宴会。这些忙碌的交际者真是妓女一样，在这里坐一坐，就走开了，又赶到另一个地方去了，在那一个地方又只略坐一坐，又赶到再一个地方去了。他们的肚子定是不会饱的，我想。有几个这样的交际者，当酒阑灯池，应酬完毕之后，定是回到家中，叫底下人烧了稀饭来堆补空肠的。

我们在广漠繁华的上海，简直是一个村气十足的“乡下人”；我们住的是乡下，到“上海”去一趟是不容易的，我们过的是乡间的生活，一月中难得有几个黄昏是在“应酬”场中度过的。有许多人也许要说我们是“孤介”，那是很清高的一个名词。但我们实在不是如此，我们不过是不惯征逐于酒肉之场，始终保持着不大见世面的“乡下人”的色彩而已。

偶然有几次，承一二个朋友的好意，邀请我们去赴宴。在座的至多只有三四个熟人，那一半生客，还要主人介绍或自己去请教尊姓大名，或交换名片，把应有的初见面的应酬的话讷讷地说完了之后，便默默地相对无言了。说的话都不是有着落，都不是从心里发出的；泛泛的，是几个音声，由喉咙头溜到口外的而已。过后自己想起那样的敷衍的对话，未免要为之失笑。如此的，说是一个黄昏在繁灯絮语之宴席上度过了，然而那是如何没有生趣的一个黄昏呀？

有几次，席上的生客太多了，除了主人之外，没有一个是认识的；请教了姓名之后，也随即忘记了。除了和主人说几句话之外，简直无从和他们谈起。不晓得他们是什么行业，不晓得他们是什么性质的人，有话在口头也不敢随意高谈起来。那一席宴，真是如坐针毡；精美的羹菜，一碗碗地捧上来，也不知是什么味儿。终于忍不住了，只好向主人撒一个谎，说身体不大好过，或说是还有应酬，一定要去的。——如果在谣言很多的这几天当然是更好托词了，说我怕戒严提早，要被留在华界之外——虽然这是礼貌的，不大应该的，虽然主人是照例殷勤地留着，然而我却不顾一切地不得不走了。这个黄昏实在是太难挨得过去了！回到家里以后，买了一碗稀饭，即使只有一小盏萝卜干下稀饭，反而觉得舒畅，有意味。

如果有什么友人做喜事，或寿事，在某某花园，某某旅社的大厅里，大张旗鼓地宴客，不幸我们是被邀请了，更不幸我们是太熟的友人，不能不到，也不能道完了喜或拜完了寿，立刻就托词溜走的，于是这又是一个可怕的黄昏。常常张大了两眼，在寻找熟人，好容易找到了，一定要紧紧和他们挤在一起，不敢失散。到了坐席时，便至少有两三人在一块儿可以谈谈了，不至于一个人独自局促在一群生面孔的人当中，惶恐而且空虚。当我们两三个人在津津地淡着自己的事时，偶然抬起眼来看着对面的一个坐客，他是凄然无侣地坐着；大家酒杯举了，他也举着；菜来了，一个人说：“请，请，”同时把牙箸伸到盘边，他也说，“请，请，”也同样把牙箸伸出。除了吃菜之外，他没有目的，菜完了，他便局促地独坐着。我们见了他，总要代他难过，然而他终于能够终了席方才起身离座。

宴会之趣味如果仅是这样的，那么，我们将诅咒那第一个发明请客的人；喝酒的趣味如果仅是这样的，那么，我们也将打倒杜康与狄奥尼修士了。

然而又有的宴会却幸而并不是这样的；我们也还有别的可以引起喝酒的趣味的环境。

独酌，据说，那是很有意思的。我少时，常见祖父一个人执了一把锡的酒壶，把黄色的酒倒在白瓷小杯里，举了杯独酌着；喝了一小口，真正一小口，便放下了，又拿起筷子来夹菜。因此，他食得很慢，大家的饭碗和筷子都已放下了，且已离座了，而他却还在举着酒杯，不匆不忙地喝着。他的吃饭，尚在再一个半点钟之后呢。而他喝着酒，颜微酡着，常常叫道：“孩子，来！”而我们便到了他的跟前。他夹了一块只有他独享着的菜蔬放在我们口中，问道“好吃么？”我们往往以点点头答之，在孙男与孙女中，他特别喜欢我，叫我前去的时候尤多。常常的，他把有了短髭的嘴吻着我的面颊，微微有些刺痛，而他的酒气从他的口鼻中直喷出来。这是使我很难受的。

这样地，他消磨过了一个中午和一个黄昏。天天都是如此。我没有享受过这样的乐趣。然而回想起来，似乎他那时是非常高兴，他是陶醉着，为快乐的雾所围着，似乎他的沉重的忧郁都从心上移开了，这里便是他的整个世界，而整个世界也便是他的。

别一个宴之趣，是我们近几年所常常领略到的，那就是集合了好几个无所不谈的朋友，全座没有一个生面孔，在随意地喝着酒，吃着菜，上天下地地谈着。有时说着很轻妙的话，说着很可发笑的话，有时是如火如剑的激动的话，有时是深切的论学谈艺的话，有时是随意地取笑着，有时是面红耳热地争辩着，有时是高妙的理想在我们的谈锋上触着，有时是恋爱的遇合与家庭的与个人的身世使我们谈个不休。每个人都把他的心胸赤裸裸地袒开了，每个人都把他的向来不肯给人看的面孔显露出来了；每个人都谈着，谈着，谈着，只有更兴奋地谈着，毫不觉得“疲倦”是怎么一个样子。酒是喝得干了，菜是已经没有了，而他们却还是谈着，谈着，谈着。那个地方，即使是很喧闹的，很湫狭的，向来所不愿意多坐的，而这时大家却都忘记了这些事，只是谈着，谈着，谈着，没有一个人愿意先说起告别的话。要不是为了戒严或家庭的命令，竟不会有人想走开的。虽然这些闲谈都是琐屑之至的，都是无意味的，而我们却已在其间得到宴之趣了——其实在这些闲谈中，我们是时时可发现许多珠宝的；大家都互相受着影响，大家都更进一步了解他的同伴，大家都可以从那里得到些教益与利益。

“再喝一杯，只要一杯，一杯。”

“不，不能喝了，实在地。”

不会喝酒的人每每这样地被强迫着而喝了过量的酒。面部红红的，映在灯光之下，是向来所未有的壮美的丰采。

“圣陶，干一杯，干一杯！”我往往举起杯来对着他说，我是很喜欢一口一杯地喝酒的。

“慢慢的，不要这样快，喝酒的趣味，在于一小口一小口地喝，不在于‘干杯’！”圣陶反抗似的说，然而终于他是一口干了，一杯又是一杯。

连不会喝酒的愈之、雁冰，有时，竟也被我们强迫地干了一杯。于是大家哄然大笑，是发出于心之绝底的笑。

再有，佳年好节，合家团团地坐在一桌上，放了十几双的红漆筷子，连不在家中的人也都放着一双筷子，都排着一个座位。小孩子笑孜孜地闹着吵着，母亲和祖母温和地笑着，妻子忙碌着，指挥着厨房中厅堂中仆人们的做菜，端菜，那也是特有一种融融洽洽的乐趣，为孤独者所妒羡不止的，虽然并没有和同伴们同在时那样的宴之趣。

还有，一对恋人独自在酒店的密室中晚餐；还有，从戏院中偕了妻子出来，同登酒楼喝一二杯酒；还有，伴着祖母或母亲在熊熊的炉火旁边，放了几盏小菜，闲吃着消夜的酒，那都是使身临其境的人心醉神怡的。

宴之趣是如此的不同呀！

月夜之话

是在山中的第三夜了。月色是皎洁无比，看着她渐渐地由东方升了起来。蝉声叽——叽——叽——的曼长地叫着，岭下涧水潺潺的流声，隐约地可以听见，此外，便什么声音都没有了。月如银的圆盘般大，静定地挂在晚天中，星没有几颗，疏朗朗地间缀于蓝天中，如美人身上披的蓝天鹅绒的晚衣，缀了几颗不规则的宝石。大家都把自己的摇椅移到东廊上坐着。

初升的月，如水银似的白，把它的光笼罩在一切的东西上；柱影与人影，粗黑地向西边的地上倒映着。山呀，田地呀，树林呀，对面的许多所的屋呀，都朦朦胧胧地不大看得清楚，正如我们初从倦眠中醒了来，睁开了眼去看四周的东西，还如在渺茫梦境中似的；又如把这些东西都幕上了一层轻巧细密的冰纱，它们在纱外望着，只能隐约地看见它们的轮廓；又如春雨连朝，天色昏暗，极细极细的雨丝，随风飘拂着，我们立在红楼上，由这些蒙雨织成的帘中向外望着。那么样的静美，那么样柔秀的融合的情调，真非身临其境的人不能说得出的。

“那么好的月呀！”擘黄先生赞赏似的叹美着。

同浴于这个明明的月光中的，还有梦旦先生和心南先生。静悄悄地，各人都随意地躺在他的摇椅上，各自在默想他的崇高的思绪，也不知道有多少秒，多少分，多少刻的时间是过去了。红栏杆外是月光、蝉声与溪声，红栏杆内是月光照浴着的几个静思的人。

月光光，照河塘。骑竹马，过横塘。

横塘水深不得过，娘子牵船来接郎。问郎长，问郎短，问郎此去何时返。

心南先生的女公子依真跳跃着由西边跑了过来，嘴里这样的唱着。那清脆的歌声漫溢于朦胧的空中，如一塘静水中起了一个水沤似的，立刻一圈一圈地扩大到全个塘面。

“这是各处都有的儿歌，辜鸿铭曾选入他的《幼学弦歌》中。”梦旦先生说。他真是一个健谈的人，又恳挚，又多见闻，凡是听过他的话的人，总不肯半途走了开去。

“福州还有一首大家都知道的民歌，也是以月为背景的，真是不坏。”梦旦先生接着说。于是他便背诵出了这一首歌。

原文：

共哥相约月出来，怎样月出哥未来？没是奴家月出早？没是哥家月出迟？不论月出早与迟，恐怕我哥未肯来。当日我哥未娶嫂，三十无月哥也来。

译文：

与他相约月出来，怎么月出了他还未来？莫不是我家月出得早？莫不是他家月出得迟？不论月出早与迟，只怕他是不肯来了吧。当日他没有娶妻时，没有月的三十夜也还来呢。

这首歌的又真挚又曲折的情绪，立刻把大家捉住了。像那么好的情歌，真不多见。

“我真想把它抄录了下来呢！”我说。于是梦旦先生又逐句地背念了一遍，我便录了下来。

“大约是又成了《山中通信》的资料吧。”擘黄先生笑着说道，他今天刚看见我写着《山中通信》。

“也许是的，但这样的好词，不写了下来，未免太可惜了。”

“我也有一个，索性你再写了吧。”擘黄说。

我端正了笔等着他。

七月七夕鹊填桥，
牛郎织女渡天河。
人人都说神仙好，
一年一度算什么！

“最后一句真好，凡是咏七夕的诗，恐怕不见得有那样透彻的口气吧。可见民歌好的不少，只在自己去搜集而已。”擘黄说。

大家的话匣子一开，沉静的气氛立刻打破了，每个人都高高兴兴地谈着唱着，浑忘了皎洁月光与其他一切。月已升得很高，倒向西边的柱影，已渐渐地短了。

梦旦先生道：“还有一首歌，你们听人说过没有？”

采苹你去问秋英，怎么姑爷跌满身？他说：“相公家里回，也无火把也无灯。”

既无火把也要灯！他说相公家里回，怎么姑爷跌满身？采苹你去问秋英！

“是的，听见过的。”擘黄说，“但其层次与说话之语气颇不易分得出明白。”

“大约是小姐见姑爷夜间回来，跌了一身的泥，不由得起了疑心，便叫丫头采苹去问跟班秋英。采苹回到小姐那里，转述秋英的话，相公之所以跌得一身泥者，因由家里回来，夜色黑漆漆的，又无火把又无灯笼也。第二首完全是小姐的话，她的疑心还未释，相公既由家回，如无火把也要有灯，怎么会跌得一身泥？于是再叫采苹去问秋英。虽然是如连环诗似的二首，前后的意思却很不同。每个人的口气也都逼真的像。”梦旦先生说。

经了这样一解释，这首诗，真的也成了一首名作了。

真鸟仔，啄瓦檐，奴哥无“母”这数年。看见街上人讨“母”，奴哥目泪挂目檐。有的有，没的没，有人老婆连小婆！只愿天下做大水，流来流去齐齐没。

这一首也是这一夜采得的好诗，但恐非“非福州人”所能了解。所谓“真鸟仔”者，即小麻雀也。“母”者，即女子也，即所谓公母之“母”是也。

“奴哥”者，擘黄以为是他人称他的，我则以为是自称的口气。兹译之如下：

小小的麻雀儿，在瓦檐前啄着，啄着，我是这许多年还没有妻呀！看见街上人家闹洋洋地娶亲，我不由得双泪挂眼边。有的有，没有的没有，有的人，有了妻，却还要小老婆。但愿天下起了大水，流来流去，使大家一齐都没有。

这个译文，意思未见得错，音调的美却完全没有了。所以要保存民歌的绝对的美，似非用方言写出来不可。

这一夜，是在山上说得最舒畅的一夜，直到了大家都微微地哈欠着，方才散了，各进房门去睡。第二夜，月光也不坏。我却忙着写稿子；再一夜，天色却不佳，梦旦先生和擘黄又忙着收拾行囊，预备第二天一早下山。像这样舒畅的夜谈，却终于只有这一夜，这一夜呀！

1926 年 9 月 14 日

且行且吟

黄昏的观前街

名师导读

作者的太太厌恶苏州，那作者对苏州的观感如何呢？

名师点评

抓住了这个都市的独特之处进行描绘，展现了一个非农村、非城市的让人极不喜欢的地方，为下文做铺垫。

我刚从某一个大都市归来。那一个大都市，说得漂亮些，是乡村的气息较多于城市的。它比城市多了些乡野的荒凉况味，比乡村却又少了些质朴自然的风趣。疏疏的几簇住宅，到处是绿油油的菜圃，是蓬篙没膝的废园，是池塘半绕的空场，是已生了荒草的瓦砾堆。晚间更是凄凉。太阳刚刚西下，街上的行人便已“寥若晨星”。在街灯如豆的黄光之下，踽踽地独行着，瘦影显得更长了，足音也格外的寂寥。远处野犬，如豹地狂吠着。黑衣的警察，幽灵似的扶枪立着。在前面的重要区域里，仿佛有“站住！”“口号！”的呼叱声。我假如是喜欢都市生活的话，我真不会喜欢到这个地方；我假如是喜欢乡间生活的话，我也不会喜欢到这个所在。我的天！还是趁早走了吧。（不仅是“浩然”，简直是“凛然有归志”了！）

归程经过苏州，想要下去，终于因为舍不得抛弃了车票上的未用尽的一段路资，蹉跎地被火车带过去了。归后不到三天，长个子的樊与矮而美髯的孙，却又拖了我逛苏州去。早知道有这一趟走，还不中途而下，来得便利么？

名师点评

心理描写，表现了自己的后悔。

我的太太是最厌恶苏州的，她说舒舒服服地坐在车上，走不了几步，却又要下车过桥了。我也未见得十分喜欢苏州；一来是，走了几趟都买不到什么好书，二来是，住在阊门外，太像上海，而又没有上海的繁华。但这一次，我因为要换换花样，却拖他们住到城里去。不料竟因此而得到了一次永远不曾领略到的苏州景色。

名师点评

点出了下文的描写内容，"永远不曾领略到的"一词总括了下文看到的景物给人的惊讶心理，同时也设置了悬念，吸引读者读下去。

我们跑了几家书铺，天色已经渐渐地黑下来了，樊说，"我们找一个地方吃饭吧。"饭馆里是那么样的拥挤，走了两三家，才得到了一张空桌。街上已上了灯。楼窗的外面，行人也是那么样的拥挤。没有一盏灯光不照到几堆子人的，影子也不落在地上，而落在人的身上。我不禁想起了某一个大城市的荒凉情景，说道，"这才可算是一个都市！"

名师点评

照应前文，行文非常严谨。

这条街是苏州城繁华的中心的观前街。玄妙观是到过苏州的人没有一个不熟悉的；那么粗俗的一个所在，未必有胜于北平的隆福寺，南京的夫子庙，扬州的教场。观前街也是一条到过苏州的人没有一个不曾经过的；那么狭小的一道街，三个人并列走着，便可以不让旁的人走，再加之以没头苍蝇似的乱钻而前的人力车，或箩或桶的一担担的水与蔬菜，混合成了一个地道的中国式的小城市的拥挤与纷乱无秩序的情形。

然而，这一个黄昏时候的观前街，却与白昼大殊。我们在这条街上舒适地散着步，男人，女人，小孩子，老年人，摩肩接踵而过，却不喧哗，也不推拥；我所得的苏州印象，这一次可说是最好。——从前不曾于黄昏

名师点评

和前文所写的都市的荒凉景象形成对比，突出观前街的安适。

时候在观前街散步过。半里多长的一条古式的石板街道，半部车子也没有，你可以安安稳稳地在街心踱方步。灯光耀耀煌煌的，铜的，布的，黑漆金字的市招，密簇簇地排列在你的头上，一举手便可触到了几块。茶食店里的玻璃匣，亮晶晶地在繁灯之下发光，照得匣内的茶食通明的映入行人眼里，似欲伸手招致他们去买几色苏制的糖食带回去。野味店的山鸡野兔，已烹制的，或尚带着皮毛的都一串一挂地悬在你的眼前——就在你的眼前，那香味直扑到你的鼻上。你在那里，走着，走着，你如走在一所游艺园中。你如在暮春三月，迎神赛会的当儿，挤在人群里，跟着他们跑，兴奋而感到浓趣。你如在你的少小时，大人们在做寿，或娶亲，地上铺着花毯，天上张着锦幔，长随打杂老妈丫头，客人的孩子们，全都穿戴着崭新的衣帽，穿梭似的进进出出，而你在其间，随意地玩耍，随意地奔跑。你白天觉得这条街狭小，在这时，你才觉这条街狭小得妙。她将你紧压住了，如夜间将自己的手放在心头，做了很刺激的梦；她将你紧紧地拥抱住了，如一个爱人身体的热情的拥抱；她将所有的宝藏，所有的繁华，所有的可引动人的东西，都陈列在你的面前，即在你的眼下，相去不到三尺左右，而别用一种黄昏的灯纱笼罩了起来，使他们更显得隐约而动情，如一位对窗里面的美人，如一位躲于绿帘后的少女。她假如也像别的都市巷道那样的开朗阔大，那么，便将永远感不到这种亲切的繁华的况味，你便将永远受不到这种紧紧地箍压于你的全身，你的全心的燠暖而温馥的情趣了。你平常觉得这条街闲人太多，过于拥挤，在这时却正显出人多的好处。你看人，人也看你；你的左边

名师点评

将走在观前街和迎神赛会进行比较，突出了观前街的人多。

是一位时装的小姐，你的右边是几位随了丈夫、父亲上城的乡姑，你的前面是一二位步履维艰的地道的苏州佬，一二位尖帽薄履的苏式少年，你偶然回过头来，你的眼光却正碰在一位容光射人，衣饰过丽的少奶奶的身上。你的团团转转都是人，都是无关系的无关心的最驯良的人；你可以舒舒适适地踱着方步，一点也不用担心什么。这里没有趁机的偷盗，没有诱人入魔窟的“指导者”，也没有什么电掣风驰，左冲右撞的一切车子。每一个人都是那么安闲地散步着；川流不息地在走，肩摩踵接地在走，他们永不会猛撞你身上而过。他们是走得那么安闲，那么小心。你假如偶然过于大意地撞了人，或踏了人的足——那是极不经见的事！他们抬眼望了望你，你对他们点点头，表示歉意，也就算了。大家都感到一种亲切，一种无损害，一种无忧无虑的生活；大家都似躲在一个乐园中，在明月之下，绿林之间，悠闲地微步着，忘记了园外的一切。

那么鳞次栉比的店房，那么密密接接的市招，那么耀耀煌煌的灯光，那么狭狭小小的街道，竟使你抬起头来，看不见明月，看不见星光，看不见一丝一毫的黑暗的夜天。她使你不知道黑暗，她使你忘记了这是夜间。啊，这样的一个“不夜之城”！

“不夜之城”的巴黎，“不夜之城”的伦敦，你如果要看，你且去歌剧院左近走着，你且去辟加德莱圈散步，准保你不会有一刻半秒的安逸；你得时时刻刻担心，时时刻刻提防着，大都市的灾害，是那么多。每个人都是匆匆地走灯似的向前走，你也得匆匆地走；每个人都是紧张着，矜持着，你也自然得会紧张着，矜持着。你假如走惯了黄昏时候的观前街，你在那里准得要吃大苦

名师点评

列举出现在观前街的种种人物，表现了观前街的繁华。

名师点评

表现了游人的悠闲，以及人与人之间的和谐。

名师点评

将观前街和巴黎、伦敦进行对比，突出人们的闲适。

头，除非你已将老脾气改得一干二净。你假如为店铺的窗中的陈列品所迷住了，譬如说，你要站住了仔仔细细地看一下，你准得要和后面的人猛碰一下，他必定要诧异地望了望你，虽然嘴里说的是“对不起”。你也得说“对不起”，然而你也饱受了他，以至他们的眼光的奚落。你如走到了歌剧院的阶前，你如走到了那尔逊的像下，你将见斗大的一个个市招或广告牌，闪闪在放光；一片的灯光，映射得半个天空红红的。然而那里却是如此开朗敞阔，建筑物又是那么的宏伟，人虽拥挤，却是那样的藐小可怜，Taxi 和 Bus 也如小甲虫似的，如红蚁似的在一连串地走着。大半个天空是黑漆漆的，几颗星在冷冷地睒着眼看人。大都市的繁华终敌不住黑夜的侵袭，你在那里，立了一会，只要一会，你便将完全地领受到夜的凄凉了。像观前街那样的燠暖温馥之感，你是永远得不到的。你在那里是孤零的，是寂寞的，算不定会有什么飞灾横祸光临到你身上，假如你要一个不小心。像在观前街的那么舒适无虑的亲切的感觉，你也是永远不会得到的。

有观前街的燠暖温馥与亲切之感的大都市，我只见到了一个威尼斯；即在威尼斯的 St.Mark 方场的左近。那里也是充满了闲人，充满了紧压在你身上的燠暖的情趣的；街道也是那么狭小，也许更要狭，行人也是那么拥挤，也许更要拥挤，灯光也是那么辉辉煌煌的，也许更要辉煌。有人口口声声地称呼苏州为东方的威尼斯；别的地方，我看不出，别的时候，我看不出，在黄昏时候的观前街，我却深切地感到了。——虽然观前街少了那么宏丽的 Piazza of St.Mark，少了那么轻妙的此奏彼息的乐队。

名师点评

将威尼斯与观前街进行对比，这是正面进行衬托，突出了黄昏时观前街的舒适、悠闲。

阅读鉴赏

作者在描写观前街的景物时，先渲染了游人在此散步时的悠闲自得，这时采用的是第一人称。然后转为第二人称，和读者进行对话，想象读者在街上徜徉的情景，展现了激动、热烈的心情。接着转换为第三人称，发挥想象，设想观前街和其他地方一样阔大的后果。接着又变为第二人称。人称的变化，不仅使文章显得摇曳多姿，而且使其显得亲切自然。

知识拓展

威尼斯

世界著名水城和旅游中心。在意大利东北部。建于离陆地 4 千米的一百一十八个小岛上，有一百七十七条水道贯通其间，四百多座桥梁将各岛连成一体。全城以舟代车，是世界上唯一不通行汽车的城市。以生产珠宝玉石工艺品、花边、刺绣等著称。市内有古老教堂、钟楼和宫殿。多海湾浴场。

考题链接

1. 作者在描绘观前街的景物之前为什么先说自己的夫人不喜欢苏州？

____

____

2. 作者在正式描写观前街的景物时转换了几种人称？有什么作用？

____

____

苏州赞歌

苏州这个天堂似的好地方，只要你逛过一次，你就会永远地爱上了它，会久久地想念着它。它是典型的一个江南的城市，是水乡，又是鱼米之乡。

春天的时候，一大片地开着紫花的苜蓿田，夹杂着一块块的娇黄色的油菜花儿的田，还有一望无际的嫩绿可喜的刚刚插好稻秧儿的水田，那色彩本身，就是一幅秀丽无边的绝大的天然的图案画。谁不喜爱这表现着春天的烂漫而又娇嫩的颜色呢？很像维纳丝刚从海水泡沫儿里生了出来。一双眼睛还惺惺忪忪地带着惶惑之意。它就是春天自己！田埂上还开放着各色各样小花朵，白色的，黄色的，还有粉红色的，深红色的。清澈的春水，顺着大渠小沟，略略地流着。小鸟儿在叫着。合作社的男女社员们，一大早就肩负着锄头，手拿着小筐子下田去了。他们彼此在竞赛着。《青年突击队歌》，高响入云。他们把春天变得更活跃又有精神了。

千万盆的茉莉花、代代花和玫瑰花都已从玻璃房里搬出来，在花田里竞媚斗艳，老远地，就嗅到那喷射出来的清馨的香味儿。站在虎丘山的大石块上，望着桃红柳绿的山景，望着更远的五色斑斓的田野和躺在太阳光底下放亮光的湖泊和小河流。天气老是润滋滋地，不知什么时候就会有一阵春雨，在云端飘洒下来。

走在留园、西园一带的石塘上，望着运河的流水，嘴里吟着"凌波不过横塘路，但目送芳尘去"，足旁有一大块深绿色的菜园，正开着紫中透黑的蚕豆花儿，那不时钻人鼻孔的菜花香，夹杂着泥土气味，甜甜地像要醉人。在西园的略带野趣和荒凉味儿的后花园里，有游人们在等候着大癞头龟在池塘里出现。留园的引人入胜的园景，吸引着更多的外地的客人们。还有城里的许多花园，个个有特色，够你逛个一天半天的，狮子林的假山洞，钻得你不禁嘻嘻哈哈地大惊小怪起来，拙政园不再是几十间东倒西歪的老屋和千百株将枯未倒的老树，显得凄凉黯淡的园林了，它成为精神百倍的大好的游逛的地方。汪氏义庄就剩下靠北面的一带假山和几间房子了，但还别有风趣地吸引着游人们，它们活像是小摆设，不，它们并不小；它们乃是模拟着名山大川而缩小之于寻丈之地的。这显出了我们老祖先们怎样地喜爱自然，又怎样地能够把自然缩小了搬运到家园里来。从一扇小窗里望过去，不是有几棵碧绿的芭蕉树，一峰玲珑剔透的太湖石，还有小小的几株花木么？那就显得那个屋角勃勃地有生趣、有远趣起来。无梁殿是一座很坚实的古建筑。沧浪亭就在水边，具有渺荡的深趣。中国最古老的《天文图》和《舆地图》就放在孔庙里。许多的记载织工们斗争的石碑，也在玄妙观等处发现。这些美好的园林，和重要的古迹名胜，不仅供应了苏州市人民自己和它四乡的工农兵的享用和游逛，而且，更重要的是给予江南一带的特别是大上海市的工农民以惊喜，以舒畅，以闲憩的休息和快乐。苏州人和扬州人所擅长培植小盆景，这些苏州市的大大小小的园林，就活像是一座座的大盆景。

苏州不完全是一个游逛的、休息的城市。它有长久的斗争的历史。苏州是中国封建社会的一个典型的手工业城市。织坊老早就成立了，织工们的斗争史值得写成厚厚的几本书。“吴侬软语”的苏州人民，看起来好像很温和，但往往是站在斗争的最前线，勇猛无前，坚忍不屈、它那里产生了不少民族英雄，革命烈士以至劳动模范，他们的故事是可歌可泣的，是十分感动人的。

苏州城外有一座寒山寺，那是以唐代诗人张继的一首“姑苏城外寒山寺，夜半钟声到客船”而著名的。清初诗人王渔洋，就为了要题一首诗在这寺的山门上，半夜里坐船赶到那里，在山门上用墨笔写了诗，然后就下船离开了，连大殿也没进。到了今天，还有不少人慕名而去到那里。有一口大钟，但已经不是原来的那口钟了，听说原来的钟是被日本帝国主义者盗去的，下落不明。如今，这座本来荒凉不堪的寺院，变得了很华美。有一座盘梯的楼，很精致，是从城里一个旧家搬来的，包括搬运、重建、修整、油漆等费用，只花上五千元。

苏州人民就是会那么勤俭起家的。听说那些美丽的园林，也都是花了不多的钱而都收拾得“有声有色”，漂漂亮亮。

苏州的许多工艺美术品，特别是刺绣、云锦等，乃是国家的光荣，也是国家的财富。它的农业的成就，乃是属于全国高产地区，供给着许多城市，其农业的生产技术和经验乃是值得推广的。

苏州城和苏州人民是勤俭的，谦虚的，温暖的，却又是那么可喜可爱。凡是到过那里一次的人，准保不会忘了它。

石湖

前年从太湖里的洞庭东山回到苏州时，曾经过石湖。坐的是一只小火轮，一眨眼间，船由窄窄的小水口进入了另一个湖。那湖要比太湖小得多了，湖上到处插着蟹簖和围着菱田。他们告诉我："这里就是石湖。"我跃然地站起来，在船头东张西望的，尽量地吸取石湖的胜景。见到湖心有一个小岛，岛上还残留着东倒西歪的许多太湖石。我想："这不是一座古老的园林的遗迹么？"

是的，整个石湖原来就是一座大的园林。在距今八百多年前，这里就是南宋初期的一位诗人范成大（1126–1193 年）的园林。他和陆游、杨万里同被称为"南宋三大诗人"。范成大因为住在这里，就自号"石湖居士"，"石湖"因之而著名于世。杨万里说："公之别墅曰石湖，山水之胜，东南绝境也。"我们很向往于石湖，就是为了读过范成大的关于石湖的诗。"石湖"和范成大结成了这样的不可分的关系，正像陶渊明的"栗里"，王维的"辋川"一样，人以地名，同时，地也以人显了。范成大的《石湖居士诗集》，吴郡顾氏刻的本子（1688 年刻），凡三十四卷，其中歌咏石湖的风土人情的诗篇很不少。他是一位中国文学史上重要的田园诗人，继承了陶渊明、王维的优良传统，描写着八百多年前的农民的辛勤的生活。他的《四时田园杂兴》六十首，就是淳熙丙午（1186 年）在石湖写出的，在那里，充溢着江南的田园情趣，像读米芾和他的儿子米友仁所作的山水，满纸上是云气水意，是江南的润湿之感，是平易近人的熟悉的湖田农作和养蚕、织丝的活计，他写道：

昼出耘田夜绩麻，村庄儿女各当家。童孙未解供耕织，也傍桑阴学种瓜。

农村里是不会有一个“闲人”存在的，包括孩子们在内。

垂成穑事苦艰难，忌雨嫌风更怯寒。笺诉天公休掠剩，半偿私债半输官。

他是同情于农民的被剥削的痛苦的。更有连田也没有得种的人，那就格外的困苦了。

采菱辛苦废犁锄，血指流丹鬼质枯。无力买田聊种水，近来湖面亦收租。

他住在石湖上，就爱上那里的风土，也爱上那里的农民，而对于他们的痛苦，表示同情。后来，在明朝弘治年间（1488—1505年），莫旦曾写下了一部《石湖志》，却只是夸耀着莫家的地主们的豪华的生活，全无意义。至今，在石湖上莫氏的遗迹已经一无所存，问人，也都不知道，是“身与名俱朽”了。但范成大的名字却人人都晓得。

去年春天，我又到了洞庭东山。这次是走陆路的，在一年时间里，当地的农民已经把通往苏州的公路修好了。东山的一个农业合作社里的人，曾经在前年告诉过我：

我们要修汽车路，通到苏州，要迎接拖拉机。

果然，这条公路修好了，如今到东山去，不需要走水路，更不需要花上一天两天的时间了，只要两小时不到，就可以从苏州直达洞庭东山。我们就走这条公路，到了石湖。我们远远地望见了渺茫的湖水，安静地躺在那里，似乎水波不兴，万籁皆寂。渐渐地走近了，湖山的胜处也就渐渐地豁露出来。有一座破旧的老屋，总有三进深，首先唤起我们注意。前厅还相当完整，但后边却很破旧，屋顶已经可看见青天了，碎瓦破砖抛得满地。墙垣也塌颓了一半。这就是范成大的祠堂。墙壁上还嵌着他写的《四时田园杂兴》的石刻，但已经不是全部了。我们在湖边走着，在不高的山上走着。四周的风物秀隽异常。满盈盈的湖水一直溢拍到脚边，却又温柔地退回去了，像慈母抚拍着将睡未睡的婴儿似的，它轻轻地抚拍着石岸。水里的碎瓷片清晰可见。小小的鱼儿，还有顽健的小虾儿，都在眼前游来蹦去。登上了山巅，可望见更远的太湖。太湖里点点风帆，历历可数。太阳光照在粼粼的湖水上面，闪耀着金光，就像无数的鱼儿在一刹那之间，齐翻着身。绿色的田野里，夹杂着黄色的菜花田和紫色的苜蓿田，锦绣般地展开在脚下。

这里的湖水，滋育着附近地区的桑麻和水稻，还大有鱼虾之利。劳动人民是喜爱它的，看重它的。

“正在准备把这一带全都绿化了，已经栽下不少树苗了。”陪伴着我们的一位苏州市园林处的负责人说道。

果然有不少各式各样的矮树，上上下下，高高低低地栽种着。不出十年，这里将是一个很幽深新洁的山林了。他说道：“园林处有一个计划，要把整个石湖区修整一番，成为一座公园。”当然，这是很有意义的，而且东山一带也将成为上海一带的工人疗养区，这座石湖公园是有必要建设起来的。

他又说道：“我们要好好地保护这一带的名胜古迹，范石湖的祠堂也要修整一下。有了那个有名的诗人的遗迹，石湖不是更加显得美丽了么？”

事隔一年多，不知石湖公园的建设已经开始了没有？我相信，正像苏州——洞庭东山之间的公路一般，勤劳勇敢的苏州市的人民一定会把石湖公园建筑得异常漂亮，引人入胜，来迎接工农阶级的劳动模范和游览和休养的。

1958 年 1 月 4 日

北平

你若是在春天到北平，第一个印象也许便会给你以十分的不愉快。你从前门东车站或西车站下了火车，出了站门，踏上了北平的灰黑的土地上时，一阵大风刮来，刮得你不能不向后倒退几步；那风卷起了一团的泥沙；你一不小心便会迷了双眼，怪难受的；而嘴里吹进了几粒细沙在牙齿间沙啦沙啦地作响。耳朵壳里眼缝边，黑马褂或西服外套上，立刻便都积了一层黄灰色的沙垢。你到了家，或到了旅店，得仔细地洗涤了一顿，才会觉得清爽些。

“这鬼地方！那么大的风，那么多的灰尘！”你也许会很不高兴地诅咒地说。

风整天整夜地呼呼地在刮，火炉的铅皮烟囱，纸的窗户，都在乒乒乓乓地相碰着，也许会闹得你半夜睡不着。第二天清早，一睁眼，呵，满窗的黄金色，你满心高兴，以为这是太阳光，你今天将可以得一个畅快的游览了。然而风声还在呼呼地怒吼着。擦擦眼，拥被坐在床上，你便要立刻懊丧起来。那黄澄澄的，错疑作太阳光的，却正是漫天漫地地吹刮着的黄沙！风声吼吼的还不曾歇气。你也许会懊悔来这一趟。

但到了下午，或到第三天，风渐渐地平静起来。太阳光真实地黄亮亮地晒在墙头，晒进窗里。那份温暖和平的气息儿，立刻便会鼓动了你向外面跑跑的心思。鸟声细碎地鸣叫着，大约是小麻雀儿的唧唧声居多。——碰巧，院子里有一株杏花或桃花，正含着苞，浓红色的一朵朵，将放未放。枣树的叶子正在努力地向枝外崛起。——北平的枣树那么多，几乎家家天井里都有个一株两株的。柳树的柔枝儿已经是透露出嫩嫩的黄色来。只有硕大的榆树上。却还是乌黑的秃枝，一点什么春的消息都没有。

你开了房门，到院子里，深深地吸了一口气。啊，好新鲜的空气，仿佛在那里面便挟带着生命力似的。不由得不使你神清气爽。太阳光好不可爱。天上干干净净没有半朵浮云，俨然是“南方秋天”的样子。你得知道，北平当晴天的时候，永远的那一份儿“天高气爽”的晴朗的劲儿，四季皆然，不独春日如此。

太阳光晒得你有点暖得发慌。“关不住了！”你准会在心底偷偷地叫着。

你便准得应了这自然之招呼而走到街上。

但你得留意，即使你是阔人，衣袋里有充足的金洋银洋，你也不应摆阔，坐汽车。被关在汽车的玻璃窗里，你便成了如同被蓄养在玻璃缸的金鱼似的无生气的生物了。你将一点也享受不到什么。汽车那么飞快地冲跑过去，仿佛是去赶什么重要的会议。可是你是来游玩，不是来赶会。汽车会把一切自然的美景都推到你的后面去。你不能吟味，你不能停留，你不能称心如意地欣赏。这正是猪八戒吃人参果的勾当。你不会蠢到如此的。

北平不接受那么摆阔的阔客。汽车客是永远不会见到北平的真面目的。北平是个“游览区”。天然的不欢迎“走车看花”——比走马看花还煞风景的勾当——的人物。

那么，你得坐“洋车”——但得注意：如果你是南人，叫一声黄包车，准保个个车夫都不理会你，那是一种侮辱，他们以为。（黄包，北音近天王八。）或酸溜溜地招呼道：“人力车”，他们也不会明白的。如果叫道：“胶皮”，他们便知道你是从天津来的，准得多抬些价。或索性洋气十足地，叫道，“力克夏”，他们便也懂，但却只能以“毛”为单位地给车价了。

“洋车”是北平最主要的交通物。价廉而稳妥，不快不慢，恰到好处。但走到大街上，如果遇见一位漂亮的姑娘或一位洋人在前面车上，碰巧，你的车夫也是一位年轻力健的小伙子，他们赛起车来，那可有点危险。

干脆，走路，倒也不坏。近来北平的路政很好，除了冷街小巷，没有要人、洋人住的地方，还是“无风三尺土，有雨一街泥”之外，其余冲要之区，确可散步。

出了巷口，向皇城方面走。你便将渐入佳景的。黄金色的琉璃瓦在太阳光里发亮光，土红色的墙，怪有意思地围着那“特别区”入了天安门内，你便立刻有应接不暇之感。如果你是聪明的，在这里，你必得跳下车来，散步地走着。寻两支白石盘龙的华表，屹立在中间，恰好烘托着那一长排的白石栏杆和三座白石拱桥，表现出很调和的华贵而苍老的气象来，活像一位年老有德、饱历世故、火气全消的学士大夫，没有丝毫的火辣辣的暴发户的讨厌样儿。春冰方解，一池不浅不溢的春水，碧油油的可当一面镜子照。正中的一座拱桥的三个桥洞，映在水面，恰好是一个完全的圆形。

你过了桥，向北走。那厚厚的门洞也是怪可爱的（夏天是乘风凉最好的地方）。午门之前，杂草丛生，正如一位不施粉黛的村姑，自有一种风趣。那左右两排小屋，仿佛将要开出口来，告诉你以明清的若干次的政变，和若干大臣、大将雍雍锵锵地随驾而出入。这里也有两支白色的华表，颜色显得黄些，更觉得苍老而古雅。无论你向东走，或者向西走——你可以暂时不必向北进端门，那是历史博物馆的入门处，要购票的。——你可以见到很可愉悦的景色。出了一道门，沿了灰色的宫墙根，向西北走，或向东北走，你便可以见到护城河里的水是那么绿得可爱。太庙或中山公园后面的柏树林是那么苍苍郁郁的，有如见到深山古墓。和你同道走着的，有许多走得比你还慢，还没有目的的人物；他们穿着大袖的过时的衣服，足上蹬着古式的鞋，手上托着一只鸟笼，或臂上栖着一只被长链锁住的鸟，懒懒散散地在那里走着。有时也可遇到带着一群小哈巴狗的人，有气势地在赶着路。但你如果到了东华门或西华门而折回去时，你将见他们也并不曾往前走，他们也和你一样折了回去。他们是在这特殊幽静的水边溜达着的！溜达是北平人生活的主要的一部分；他们可以在这同一的水边，城墙下，溜达整个半天，天天如此，年年如此，除了刮大风，下大雪，天气过于寒冷的时候。你将永远猜想不出，他们是怎样过活的。你也许在幻想着，他们必定是没落的公子王孙，也许你便因此凄怆地怀念着他们的过去的豪华和今日的沦落。

啪的一声响，惊得你一大跳，那是一个牧人，赶了一群羊走过，长长的牧鞭打在地上的声音。接着，一辆1934年式的汽车呜呜地飞驰而过。你的胡思乱想为之撕得粉碎。——但你得知道，你的凄怆的情感是落了空。那些臂鸟驱狗的人物，不一定是没落的王孙，他们多半是以驯养鸟狗为生活的商人们。

你再进了那座门，向南走。仍走到天安门内。这一次，你得继续向南走。大石板地，没有车马经过，前面的高大的城楼，作为你的目标。左右全都是高及人头的灌木林子。在这时候，黄色的迎春花正在盛开，一片的喧闹的春意。红刺梅也在含苞。晚开的花树，枝头也都有了绿色。在这灌木林子里，你也许可以徘徊个几小时。在红刺梅盛开的时候，连你的脸色和衣彩也都会映上红色的笑影。散步在那白色的阔而长的大石道，便是一种愉快。心胸阔大而无思虑。昨天的积闷，早已忘得一干二净。你将不再对北平有什么诅咒。你将开始发生留恋。

你向南走，直走到前门大街的边沿上，可望见东西交民巷口的木牌坊，可望见你下车来的东车站或西车站，还可望见屹立在前面的很宏伟的一座大牌楼。乱纷纷的人和车、马和货物；有最新式的汽车，也有最古老的大车，简直是最大的一个运输物的展览会。

你站了一会儿，觉得看腻了，两腿也有点发酸了，你便可以向前走了几步，极廉价地雇到一辆洋车，在中山公园口放下。

这公园是北平很特殊的一个中心。有过一个时期，当北海还不曾开放的时候，她是北平唯一的社交的集中点。在那里，你可以见到社会上各种各样的人物。——当然无产者是不在内，他们是被几分大洋的门票摈在园处的。你在那里坐了一会，立刻便可以招致了许多熟人。你不必家家拜访或邀致，他们自然会来。当海棠盛开时，牡丹、芍药盛开时，菊花盛开时的黄昏，那里是最热闹的上市的当儿。茶座全塞满了人，几乎没有一点空地。一桌人刚站起来，立刻便会有候补的挤了上去。老板在笑，伙计们也在笑。他们的收入是如春花似的繁多。直到菊花谢后，方才渐渐地冷落了下来。

你坐在茶座上，舒适地把身体堆放在藤椅里，太阳光满晒在身上，棉衣的背上，有些热起来。前后左右，都有人在走动，在高谈，在低语。坛上的牡丹花，一朵朵总有大碗粗细。说是赏花，其实，眼光也是东溜西溜的。有时，目无所瞩，心无所思的，可以懒懒地待在那里，整整地待个大半天。

一阵和风吹来，遍地白色的柳絮在团团地乱转，渐渐成一个球形，被推到墙角。而漫天飞舞着的棉状的小块，常常扑到你面上，强塞进你的鼻孔。

如果你在清晨来这里，你将见到有几堆的人，老少肥瘦俱齐，在大树下空地上练习打太极拳。这运动常常邀引了患肺痨者去参加，而因此更促短了他们的寿命。而这时，这公园里也便是肺痨病者们最活动的时候。瘦得骨立的中年人们，倚着杖，蹒跚地在走着——说是呼吸新鲜的空气——走了几步，往往咳得伸不起腰来，有时，喀的一声，吐了一大块浓痰在地上。为了这，你也许再不敢到这园来。然而，一到了下午，这园里却仍是拥挤着人。谁也不曾想到天天清晨所演的那悲剧。

园后的大柏树林子，也够受糟蹋的。茶烟和瓜子壳，熏得碧绿的柏树叶子都有点显出枯黄色来，那林子的寿命，大约也不会很长久。

和中山公园的热闹相陪衬的是隔不几十步的太庙的冷落。不知为了什么，去太庙的人到底少。只有年轻的情人们，偶尔一对两对的避人到此密谈。也间有不喜追逐在热闹之后的人，在这清静点的地方散步。这里的柏树林，因为被关闭了数百年之后，而新被开放之故，还很顽健似的，巢在树上的“灰鹤”也还不曾搬家他去。

太庙所陈列的清代各帝的祭殿和寝宫，未见者将以为是如何的辉煌显赫，如何的富丽堂皇，其实，却不值一看。一色黄缎绣花的被褥衣垫，并没有什么足令人羡慕。每张供桌上所列的木雕的杯碗及烛盘等，还不如豪富人家的祖先堂的讲究。从前读一明人笔记，说，到明孝陵参观上供，见所供者不过冬瓜汤等极淡薄贱价的菜。这里在皇帝还在宫中时，祭供时，想也不过如此。是帝王和平民，不仅坟墓里同为枯骨，即所馨享的也不过如此而已。

你在第二天可以到北城去游览一趟，那一边值得看的东西很不少。后门左边近有国子监，钟楼及鼓楼。钟鼓楼每县都有之，但这里，却显得异常的宏伟。国子监，为从前最高的学府，那里边，藏有石鼓——但现在这著名的石鼓却已南迁了。由后门向西走，有什刹海；相传《红楼梦》所描写的大观园就在什刹海附近。这海是平民的夏天的娱乐场。海北，有规模极大的冰窖一区。海的面积，全都是稻田和荷花荡。（北平人的养荷花是一业，和种水稻一样。）夏天，荷花盛开时，确很可观。倚在会贤堂的楼栏上，望着骤雨打在荷盖上，那喷人的荷香和沙沙的细碎的响声，在别处是闻不到，听不到的。如果在芦席棚搭的茶座上听着，虽显得更亲切些，却往往棚顶漏水，而水点落在芦席上，那声音也怪难听的，有喧宾夺主之感。最佳的是夏已过去，枯荷满海，什刹海的闹市已经收场，那时如果再到会贤堂楼上，倚栏听雨，便的确不含糊的有“留得残荷听雨声”之妙，不过，北平秋天少雨，这境界颇不易逢。

什刹海的对面，便是北海的后门。由这里进北海，向东走，经过澄心斋、松坡图书馆、仿膳、五龙亭，一直到极乐世界，没有一个地方不好。唯惜五龙亭等处，夏天人太闹。极乐世界已破坏得不堪，没有一尊佛像能保得不断胆折臂。而北海之饶有古趣者，也只有这个地方。那个地方，游人是最少进去的。如果由后面向南走，你便可以走到北海董事会等处，那里也是开放的，有茶座，却极冷落。在五龙亭坐船，渡过海——冬天是坐了冰船滑过去——便是一个圆岛，四面皆水，以一桥和大门相通。

岛的中央，高耸着白塔。依山势的高下，随意布置着假山、庙宇、游廊小室，那曲折的工程很足供我们作半日游。

如果，在晴天，倚在漪澜堂前的白石栏杆上，静观着一泓平静无波的湖水，受着太阳光，闪闪的反射着金光出来，湖面上偶然泛着几只游艇，飞过几只鹭鸶，惊起一串的呷呷的野鸭，都足够使你留恋个若干时候。但冬天，那是最坏的时候了，这场面上将辟为冰场，红男绿女们在那里奔走驰驶，叫闹不堪。你如果已失去了少年的心，你如果爱清静，爱独游，爱默想，这场面上你最好是不必出现。

出了北海的前门，向西走，便是金鳌玉蛛桥。这座白石的大桥，隔断了中南海和北海。北海的白日，如画地映在水面上，而中南海的万善殿的全景，也很清晰的可看到。中南海本亦为公园，今则又成了“禁地”。只有东部的一个小地方，所谓万善殿的，是开放着。这殿很小，游人也极冷落，房室却布置得很好。龙王堂的一长排，都是新塑的泥像，很庸俗可厌。但你要是一位细心的人，你便可在一个殿旁的小室里，发现了倚在墙角无人顾问的两尊木雕的菩萨像。那形态面貌，无一处不美，确是辽金时代的遗物；然一尊则双臂俱折，一尊则胆部只剩了半边。谁还注意到他们呢？报纸上却在鼓吹着龙王堂的神像塑得有精神，为明代的遗物。却不知那是民国三四年间的新物！仍由中南海的后门走出，那斜对过便是北平图书馆，这绿琉璃瓦的新屋，建筑费在一百四十万以上，每年的购物费则不及此数之十二。旧书是并合了方家胡同京师图书馆及他处所藏的，新书则多以庚款购入。在中国可称是最大的图书馆。馆外的花园，邻于北海者，亦以白色栏杆围隔之；唯为廉价之水门汀所制成，非真正的白石也。

由北平图书馆再过金鳌玉蛛桥，向东走，则为故宫博物院。由神武门入院，处处觉得寥寂如古庙，一点生气都没有。想来，在还是“帝王家”的时代，虽聚居了几千宫女、太监们在内，而男旷女怨，也必是“戾气”冲天的。所藏古物，重要者都已南迁，游人们因之也寥落得多。

神武门的对门是景山。山上有五座亭，除当中最高的一亭外，多被破坏。东边的山脚，是崇祯自杀处。春天草绿时，远望景山，如铺了一层绿色的绣毡，异常的清嫩可爱。你如果站在最高处，向南望去，宫城全部，俱可收在眼底。而东交民巷使馆区的无线电台，东长安街的北京饭店，三条胡同的协和医院都因怪不调和而被你所注意。而其余的千家万户则全都隐藏在万绿丛中，看不见一瓦片，一屋顶，仿佛全城便是一片绿色的海。不到这里，你无论如何不会想象得到北平城内的树木是如何的繁密；大家小户，哪一家天井不有些绿色呢。你如站在北面望下时，则钟鼓楼及后门也全都耸然可见。

三大殿和古物陈列所总得耗费你一天的工夫。从西华门或从东华门入，均可。古物陈列所因为古物运走的太多，现在只开放武英殿，然仍有不少好东西。仅李公麟《击壤图》便足够消磨你半天。那人物，几乎没有一个没精神的，姿态各不相同，却不曾有一懈笔。

三大殿虽空无所有，却宏伟异常。在殿廊上，下望白石的“丹墀”不能不令你想到那过去的充满了神秘气象的“朝廷”和叔孙通定下的“朝仪”的如何能够维持着常在的神秘的尊严性。你如果富于幻想，闭了眼，也许还可以如见那静穆而紧张的随班朝见的文武百官们的精灵的往来。这时有很舒适的茶座。坐在这里，望着一列一列的雕镂着云头的白石栏杆和雕刻得极细致的陛道，是那么样的富于富丽而明朗的美。

你还得费一二天的工夫去游南城。出了前门，便是商业区和会馆区。从前，汉人是不许住在内城的，故这南城或外城，便成了很重要的繁盛区域。但现在是一天天地冷落了。却还有几个著名的名胜所在，足供你留连、徘徊。西边有陶然亭，东边有夕照寺、拈花寺和万柳堂。从前都是文士们雅集之地。如今也都败坏不堪，成为工人们编麻索、织丝线之地。所谓万柳也都不存在一株。只有陶然亭还齐整些。不过，你游过了内城的北海、太庙、中山公园，到了这些地方，除了感到“野趣”之外，也便全无所得的了。你或将为汉人们抱屈；在二十几年前，他们还都只能局促于此一隅。而内城的一切名胜之地，他们是全被摈斥在外的。别看清人诗集里所歌咏的是那么美好，他们是不得已而思其次的呢！

而现在，被摈斥于内城诸名胜之外的，还不依然是几十百万人么？

南城的娱乐场所，以天桥为中心。这个地方倒是平民的聚集之所；一切民间的玩意儿，一切廉价的旧货物，这里都有。

先农坛和天坛也是极宏伟的建筑。天坛的工程尤为浩大而艰巨。全是圆形的；一层层的白石栏杆，白石阶级，无数的参天的大柏树，包围着一座圆形的祭天的圣坛。坛殿的建筑，是圆的，四围的阶级和栏杆也都是圆的。这和三大殿的方整，恰好成一最有趣的对照。在这里，在大树林下徘徊着，你也便将勾引起难堪的怀古的情绪的。

这些，都只是游览的经历。你如果要在北平多住些时候，你便要更深刻地领略到北平的生活了。那生活是舒适、缓慢、吟味、享受，却绝对的不紧张。你见过一串的骆驼走过么？安稳、和平，一步步地随着一声声叮当叮当的大颈铃向前走；不匆忙，不停顿；那些大动物的眼里，表现的是那么和平而宽容，负重而忍辱的性情。这便是北平生活的象征。

和这些宏伟的建筑，舒适的生活相对照的，你不要忘记掉，还有地下的黑暗的生活呢。你如果有一个机会，走进一所“杂合院”里，你便可见到十几家老少男女挤在一小院落里住着的情形：孩子们在泥地上爬，妇女们是脸多菜色，终日含怒抱怨着，不时地，有咳嗽的声音从屋里透出。空气是恶劣极了；你如不是此中人，你便将不能做半日留。这些“杂合院”便是劳工、车夫们的居宅。有人说，北平生活舒服，第一件是房屋宽敞，院落深沉，多得阳光和空气。但那是中产以上的人物的话。百分之八九十以上的人口，是住着龌龊的“杂合院”里的，你得明白。

更有甚的，在北城和南城的僻巷里，听说，有好些人家，其生活的艰苦较住“杂合院”者为尤甚，常有一家数口合穿一裤或一衣的。他们在地下挖了一个洞。有一人穿了衣裤出外了，家中裸体的几人便站在其中。洞里铺着稻草或破报纸，借以取暖。这是什么生活呢！

年年冬天，必定有许多无衣无食的人，冻死在道上。年年冬天，必定有好几个施粥厂开办起来；来就食的，都是些可怕的窘苦的人们。然也竟有因为无衣而不能到粥厂来就吃的！

“九渊之下，更有九渊。”北平的表面，虽是冷落破败下去，尚未减都市之繁华。而其里面，却想不到是那样的破烂、痛苦与黑暗。

终日徘徊于三海公园乃至天桥的，不是罪人是什么！而你，游览的过客，你见了这，将有动于中，而怏怏地逃脱出这古城呢，还是想到“我不入地狱谁入地狱”一类的话呢？

山中的历日

“山中无历日”，这是一句古话，然而我在山中却把历日记得很清楚。我向来不记日记，但在山上却有一本日记，每日都有二三行的东西写在上面。自7月23日，第一日在山上醒来时起，直到了最后的一日早晨，即8月21日，下山时止。无一日不记。恰恰在山上三十日，不多也不少，预定的要做的工作，在这三十日之内，也差不多都已做完。

当我离开上海时，一个朋友问我：“什么时候可以回来？”

“一个月。”我答道。真的，不多也不少，恰是一个月。有一天，一个朋友写信来问我道：“你一天的生活如何呢？我们只见你一天一卷地原稿寄到上海来，没有一个人不惊诧而且佩服的。上海是那样的热呀，我们一行字也不能写呢。”

我正要把我的山上生活告诉他们呢。

在我的二十几年的生活中，没有像如今的守着有规则的生活，也没有像如今的努力的工作着的。

第一晚。当我到了山上时，已经不早了。滴翠轩一点灯火也没有。我问心南先生道：“怎么黑漆漆地不点灯？”

“在山上。我们已成了习惯。天色一亮就起来，天色一黑就去睡，我起初也不惯，现在却惯了。到了那时，自然而然的会起来，自然而然的会去睡。今夜，因为同家母谈话，睡得迟些，不然，这时早已入梦了。家中人，除了我们二人外，他们都早已熟睡了。”心南先生说。

我有些惊诧，却不大相信。更不相信在上海起迟眠迟的我，会服从了这个山中的习惯。

然而到了第二天绝早，心南先生却照常起身。我这一夜是和他暂时一房同睡的，也不由得不起来，不由得不跟了他一同起身。“还早呢，还只有6点钟。”我看了表说。

“已经是太晚了。”他说。果然，廊前太阳光已经照得满墙满地了。

这是第一次，我倚了绿色的栏杆——后来改漆为红色的，却更有些诗意了——去看山景。没有奇石，也没有悬岩，全山都是碧绿色的竹林和红瓦黑瓦的洋房子。山形是太平行了。然而向东望去。却可看见山下的原野。一座一座的小山，都在我们的足下，一畦一畦的绿田，也都在我们的足下。几缕的炊烟，由田间升起，在空中袅袅地飘着，我们知道那里是有几家农户了，虽然看不见他们。空中是停着几片的浮云。太阳照在上面。那云影倒映在山峰间，明显的可以看见。

“也还不坏呢，这山的景色。”我说。

“在起了云时，漫山都是云，有的在楼前，有的在足下，有时浑不见对面的东西，有时，诸山只露出峰尖，如在海中的孤岛，这简直可称为云海，那才有趣呢。我到了山时，只见了两次这样的奇景。”心南先生说。

这一天真是忙碌，下山到了铁路饭店，去接梦旦先生他们上山来。下午，又东跑跑，西跑跑。太阳把山径晒得滚热的，它又张了大眼向下望着，头上好像是一把火的伞。只好在邻近竹径中走走就回来了。

在山上，雨是不预约就要落下来的，看它天气还好好的，一瞬间，却已乌云蔽了楼檐，沙沙地一阵大雨来了。不久，眼望着这块大乌云向东驶去。东边的山与田野却现出阴郁的样子，这里却又是太阳光满满地照着了。

“伞在山上倒是必要的，晴天可以挡太阳，下雨的时候可以挡雨。”我说。

这一阵雨过去后，天气是凉爽得多了，我便又独自由竹林间的一条小山径，寻路到瀑布去。山径还不湿滑，因为一则沿路都是枯落的竹叶躺着，二则泥土太干，雨又下得不久。山径不算不峻峭，却异常的好走。足踏在干竹叶上，柔柔的如履铺了棉花的地板。手攀着密集的竹竿，一竿一竿地递扶着，如扶着栏杆，任怎么峻峭的路，都不会有倾跌的危险。

莫干山有两个瀑布，一个是在这边山下，一个是碧坞。碧坞太远了，听说路也很险。走过去，要经过一条只有一尺多阔的栈道。一面是绝壁，一面是十余丈深的山溪，轿子是不能走过的，只好把轿子中途弃了，两个轿夫牵着游客的双手，一前一后地把他送过去。去年。有几个朋友到那里去游，却只有几个最勇敢的这样地走了过去，还有几个却终于与轿子一同停留在栈道的这边，不敢过去了。这边的山下瀑布，路途却较为好走，又没有碧坞那么远，所以我便渴于要先去看看——虽然他们都要休息一下，不大高兴走。

瀑布的气势是那么样的伟大，瀑布的景色是那么样的壮美；那么多的清泉，由高山石上，倾倒而下，水声如雷似的，水珠溅得远远的，只要闭眼一想象，便知它是如何的可迷人呀！我少时曾和数十个同学一同旅行到南雁荡山。那边的瀑布真不少，也真不小。老远地老远地，便看见一道道的白练布由山顶挂了下来，却总是没有走到。经过了柔湿的田道，经过了繁盛的村庄，爬上了几层的山。方才到了小龙湫。那时是初春，还穿着棉衣。长途的跋涉，使我们都气喘汗流。但到了瀑布之下，立在一块远隔丈余的石上时，细细的水珠却溅得你满脸满身都是，阴凉阴凉的，立刻使你一点的热感都没有了，虽穿了棉衣，还觉得冷呢。面前是万斛的清泉，不休地只向下倾注，那景色是无比的美好，那清而洪大的水声。也是无比的美好。这使我到如今还记念着，这使我格外的喜爱瀑布与有瀑布的山。十余年来，总在北京与上海两处徘徊着，不仅没有见什么大瀑布。便连山的影子也不大看得见。这一次之到莫干山，小半的原因，因为那山那有瀑布。

山径不大好走，时而石级，时而泥径，有时，且要在荒草中去寻路。亏得一路上溪声潺潺的。沿了这溪走，我想总不会走得错的。后来，终于是走到了。但那水声并不大。立近了，那水珠也不会飞溅到脸上身上来。高虽有二丈多高。阔却只有两个人身的阔。那么样萎靡的瀑布，真使我有些失望，然而这总算是瀑布。万山静悄悄的，连鸟声也没有，只有几张照相的色纸，落在地上，表示曾有人来过。在这瀑布下流连了一会。脱了衣服，洗了一个身，濯了一会足，便仍旧穿便衣，与它告别了。却并不怎么样的惜别。

刚从林径中上来，便看见他们正在门口。打算到外面走走。“你去不去？”擘黄问我。

“到哪里去？”我问道。“随便走走。”

我还有余力，便跟了他们同去。经过了游泳池，个个人喧笑地在那里泅水，大都是碧眼黄发的人，他们是最会享用这种公共场所的。池旁，列了许多座位，预备给看的人坐，看的人真也不少。沿着这条山径，到了新会堂，图书馆和幼稚园都在那里。一大群的人正从那里散出。也大都是碧眼黄发的人。沿着山边的一条路走去，便是球场了。球场的规模并不小。难得在山边会辟出这么大的一个地方。场边有许多石级凸出，预备给人坐，那边贴了不少布告，有一张说：“如果山岩崩坏了。发生了什么意外之事，避暑会是不负责的。”我们看那山边，围了不少层的围墙，很坚固，很坚固，那里会有什么崩坏的事，然而他们却要预防着。在快活地打着球的，也都是碧眼黄发的人。

梦旦先生他们坐在亭上看打球。我们却上了山脊。在这山脊上缓缓地走着，太阳已将西沉，把那无力的金光亲切地抚摩我们的脸。并不大的凉风，吹拂在我们的身上，有种说不出的舒适之感。我们在那里，望见了塔山。

心南先生说：“那是塔山，有一个亭子的，算是莫干山最高的山了。”望过去很远，很远。

晚上，风很大，半夜醒来，只听见廊外呼呼地啸号着，仿佛整座楼房连基底都要为它所摇撼。

山中的风常是这样的。

这是在山中的第一天。第二天也没有做事。到了第三天，却清早地起来，6点钟时，便动手作工。8时吃早餐，看报，看来信，邮差正在那时来。9时再做，直到12时。下午，又开始写东西，直到4时。那时，却要出门到山上走走了。却只在近处，并不到远处去。天未黑便吃了饭，随意闲谈着。到了8时，却各自进了房。有时还看看书，有时却即去睡了。一个月来，几乎天天是如此。

下午4时后，如不出去游山，便是最好的看书时间了。

山中的历日便是如此。我从来没有过着这样的有规律的生活过！

塔山公园

由滴翠轩到了对面网球场，立在上头的山脊上，才可以看到塔山；远远的，远远的，见到一个亭子立在一个最高峰上，那就是所谓塔山公园了。到山的第三天的清早，我问大家道："到塔山去好吗？"

朝阳柔黄地满山照着，鸟声细碎地啁啾着，正是温凉适宜的时候，正是游山最好的时候。

大家都高兴去走走，但梦旦先生说，不一定要走到塔山，恐怕太远，也许要走不动。

缓缓地由林径中上了山；仿佛只有几步可以到顶上了，走到那处，上面却还有不少路，再走了一段，以为这次是到了，却还有不少路。如此的，"希望"在前引导着，我们终于到山脊。然后，缓缓地，沿山脊而走去。这山脊是全个避暑区域中最好的地方。两旁都是建造得式样不同的石屋或木屋，中间一条平坦的石路，随了山势而高起或低下。空地不少，却不像山下的一样，粗粗地种了几百株竹，它们却是以绿绿的细草铺盖在地上，这里那里置了几块大石当作椅子，还有不少挺秀的美花奇草，杂植于平铺的绿草毡上。我们在那里，见到了优越的人为淘汰的结果。

一家一家的楼房构造不同，一家一家的园花庭草，亦布置得不同。在这山脊上走着，简直是参观了不少的名园。时时地，可于屋角的空隙见到远远的山峦，见到远远的白云与绿野。

走到这山脊的终点，又要爬高了，但梦旦先生有些疲倦了，便坐在一块界石上休息，没有再向前走的意思。

大家围着这个中途的界石而立着，有的坐在石阶上。静悄悄的还没有一个别的人，只有早起的乡民，满头是汗地挑了赶早市的东西经过这里，送牛奶面包的人也有几个经过。

大家极高兴地在那里谈天说地，浑忘了到塔山去的目的。太阳渐渐地高了，热了，心南看了手表道：

“已经 9 点多了。快回去吃早餐吧。”

大家都立了起来，拍拍背后的衣服，拍去坐在石上所沾着的尘土，而上了归途。

下午，我的工作完了，便向大家道：“现在到塔山去不去呢？”

“好的。”擘黄道，“只怕高先生不能走远道。”

高先生道：“我不去，你们去好了。我要在房里微睡一下。”

于是我和心南、擘黄同去了。

到塔山去的路是很平坦的。由山后的一条很宽的泥路走去，后面的一带风景全可看到。山石时时有人在叮叮地伐采，可见近来建造别墅的人一天天地多了，连山后也已有了几家住户。

塔山公园的区域，并不很广大，都是童山，杂植着极小极小的竹树，只有膝盖的一半高。还有不少杂草，大树木却一株也没有。将到亭时，山势很高峭，两面石碑，立在大门的左右，是叙这个公园的缘起，碑字已为风雨所侵而模糊不清，后面所署的年月，却是宣统二年（1910）。据说，近几年来，亭已全圮，最近才有一个什么督办，来山避暑，提倡重修。现在正在动工。到了亭上，果有不少工匠在那里工作，木料灰石，堆置得凌乱不堪。亭是很小的，四周的空地也不大，却放了四组的水门汀建造的椅桌，每组二椅一桌，以备游人野餐之用。亭的中央，突然地隆起了一块水门汀建的高丘，活像西湖西泠桥畔重建的小青墓。也许这也是当桌子用的，因为四周也是水门汀建的亭栏，可以给人坐。

再没有比这个亭更粗陋而不谐和的建筑物了，一点式样也没有，不知是什么东西，亭不像亭，塔不像塔，中不是中，西不是西，又不是中西的合璧，单直可以说是一无美感，一无知识者所设计的亭子。如果给工匠们自己随意去设计，也许比这样式更会好些。

所谓公园者，所谓亭子者不过如此！然而这是我们中国人在莫干山所建筑的唯一的公共场所。

亏得地势占得还不坏。立在亭畔，四面可眺望得很远。莫干山的诸峰，在此一一可以指点得出来，山下一畦一畦的田，如绿的绣毡一样，一层一层，由高而低，非常的有秩序。足下的岗峦，或起或伏，或趋或耸，历历可指，有如在看一幅地势实型图。

太阳已经渐渐向西沉下，我们当风而立，略略的有些寒意。

那边有乌云起了，山与田都为一层阴影所蔽，隐隐的似闻见一阵一阵的细密的雨声。

“雨也许要移到这边来了，我们走吧。”

这是第一次到塔山。第二次去是在一个绝早的早晨，人是独自一个。

在山上，我们几乎天天看太阳由东方出来。倚在滴翠轩廊前的红栏杆上，向东望着，我们便可以看到一道强光四射的金线，四面都是斑斓的彩云托着，在那最远的东方。渐渐的，云渐融消了，血红血红的太阳露出了一角，而楼前便有了太阳光。不到一刻，而朝阳已全个的出现于地平线上了，比平常大，比平常红，却是柔和的，新鲜的，不刺目的。对着了这个朝阳而深深地呼吸着，真要觉得生命是在进展，真要觉得活力是已重生。满腔的朝气，满腔的希望，满腔的愉意，满腔的跃跃欲试的工作力！

怪不得晨鸟是要那样地对着朝阳婉转地歌唱着。

常常的在廊前这样的看日出。常常的移了椅子在阳光中，全个身子都浸没在它的新光中。

也许到塔山那个最高峰去看日出，更要好呢。泰山之观日出不是一个最动人的景色么？

一天，绝早，天色还黑着，我便起身，胡乱地洗漱了一下，立刻起程到塔山。天刚刚有些亮，可以看见路。半个行人也没有遇见。一路上急急地走着，屡次地回头看，看太阳已否升起。山后却是阴沉沉的。到了登上了塔山公园的长而多级的石阶时，才看见山头已有金黄色，东方是已经亮晶晶的了。

风呼呼地吹着，似乎要从背后把你推送上山去。愈走得高风愈大，真有些觉得冷栗，虽然是在6月，且穿上了夹衣。

飞快地飞快地上山，到了绝顶时，立刻转身向东望着，太阳却已经出来了，圆圆的红血的一个，与在廊前所见的一模一样，眼界并不见得因更高而有所不同。

在金黄的柔光中浸溶了许久许久才回去，到家还不过8时。

第三次，又到了塔山，是和心南先生全家去的，居然用到了水门汀的椅桌，举行了一次野餐会。离第一次到时，只有半个月，这里仿佛因工程已竣之故，到的人突多起来。空地上垃圾很不少，也无人去扫除。每个人下山时都带了不少只苍蝇在衣上帽上回去。沿路费了不少驱逐的工夫。

1926年9月30日

山市

未至滴翠轩时，听说那个地方占着山的中腰，是上下山必由之路，重要的商店都开设在那里。第二天清晨到楼下观望时，却很清静，不像市场的样子。楼下只有三间铺子。商务书馆是最大，此外还有一家出卖棉织衣服店，一家五金店。东边是下山之路，一面是山壁，一面是竹林；底下是铁路饭店。“这里下去要到三桥埠才有市集呢。”茶房告诉我说。西边上去，竹荫密密地遮盖在小路上，景物很不坏！——后来我曾时时到这条路上散步——但也不见有商店的影子。茶房说，由此上去，有好几家铺子，最大的元泰也在那里。我和心南先生沿了这条路走去，不到三四百余步，果然见几家竹器店、水果店，再过去是上海银行、元泰食物店及三五家牛肉庄、花边店、竹器店，如此而已。那就是所谓山市。但心南先生说，后山还有一个大市场，老妈子天天都到那里去买菜。

滴翠轩的楼廊，是最可赞许的地方，又阔又敞，眼界又远，是全座“轩”最好的所在。

一家竹器店正在编做竹的躺椅。“应该有一张躺椅放在廊前躺躺才好。”我这样想，便对这店的老板说：“这张躺椅卖不卖？”

“这是外国人定做的，您要，再替您做一张好了，三天就有。”

“照这样子。”我把身体躺在这将成的椅上试了一试，说，“还要长了二三寸。价钱要多少？”

“替外国人做，自然要贵些，这一张是四块钱，但您如果要，可以照本给您做。只要三块八角，不能再少。”

我望望心南先生，要他还价，因为这间铺子他曾买过几样东西，算是老主顾了。

“三块钱，我看可以做了。”心南先生说。

“不能，先生，实在不够本。”

“那么，三块四角钱吧，不做随便你。”我一边走，一边说。

“好了，好了，替您做一张就是。”

“三天以后，一定要有，尺寸不能短少，一定要比这张长三寸。”

“一定，一定，我们这里不会错的，说一句是一句。请先付定洋。”

我付了定洋，走了。

第二天去看，他们还没有动手做。

“怎么不做，来得及么？大后天一定要的，因为等要用。”

“有的，一定有的，请您放心。”

第三天早晨，到山上去，走过门前，顺便去看看，他们才在扎竹架子。

“明天椅子有没有？一定要送去的。”

“这两天生意太忙，对不起。后天给你送去吧。今天动手做，无论如何，明天不会好的。”

再过一天，见他们还没有把椅子送来，又跑去看。大体是已经做好了。老板说：“下午一定有，随即给你送来。”

躺在椅上试了一试，似乎不对，比前次的一张还要短。“怎么更短了？”

“没有，先生，已经特别放长了。”

前次定做的那张椅子还挂在墙角，没有取去。

“把那张拿下来比比看。”我说。

一比，果然反短了二寸，不由人不生气！总以为山里做买卖的人比都市里会老实些，不料这种推测却完全错误！

“我不要了，说话怎么不做准？说好放长三寸的，怎么反短了二寸！”

“先生，没有短，是放长的，因为样子不同，前面靠脚处给您编得短些，所以您觉得它短了。”

“明明是短！”我用了尺去量后说。

争执了半天，结果是量好了尺寸，叫他们再做一只。两天后一定有。

这一次才没有偷减了尺寸。

每次到山脊上散步时，总觉得山后田间的景色很不坏。有一天绝早，天色还没有发亮，便起了床，自己预备洗脸水。到了一切都收拾好时，天色刚刚有些淡灰色。于是独自一人便动身了。到了山脊，再往下走时，太阳已如大血盘似的出现于东方。山后有一个小市场，几家茶馆饭铺，几家米店，兼售青菜及鸡，还有一家肉店。集旁是一小队保安队的驻所，情况很寂寥，并不热闹。心南先生所说的市集，难道就是这里么？我有些怀疑。

由这市集再往下走，沿途风物很秀美。满山都是竹林，间有流泉淙淙的作响。有一座小桥，架于溪上，几个村姑在溪潭旁捶洗衣服。在在都可入画。只是路途渐渐的峻峭了，毁坏了，有时且寻不出途径，一路都是乱石。走了半个钟头，还没有到山脚。头上汗珠津津地渗出，太阳光在这边却还没有，因为是山阴。沿路一个人也没有遇到。良久，才见下面有一个穿蓝布衣的人向上走。到了临近，见他手执一个酱油瓶，知道是到市集去的。

“这里到山脚下还有多少路？”

他以怀疑的眼光望着我，答道：“远呢，远呢，还有三五里路呢。你到那边有什么事？”

“不过游玩游玩而已。”

“山路不好走呢。一路上都是石子，且又高峻。”

我不理他，继续走下去，不到半里路，却到了一个村落，且路途并不坏，较上面的一段平坦多了。不知这个人为什么要说谎。一条溪水安舒地在平地上流着，红冠的白鹅安舒地在水面上游着。一群孩子立在水中拍水为戏，嘻嘻哈哈地大笑大叫，母亲们正在水边洗菜蔬。屋上的烟囱中，升出一缕缕的炊烟。

一只村犬见了生人，汪汪地大叫起来，四面的犬应声而吠，这安静的晨村，立刻充满了紧张的恐怖气象。孩子们和母亲们都停了游戏，停了工作，诧异地望着我。几只犬追逐在后面吠叫。亏得我有一根司的克[①]护身，才能把它们吓跑了。它们只远远地追吠，不敢走近来。山行真不能不带司的克，一面可以为行山之助，一面又可以防身，走到草莽丛杂时，可以拨打开蛇虫之类，同时还可以吓吓犬！

沿了溪边走下去，一路都是水田，用竹竿搭了一座瓜架，就架在水面上；满架都是黄色的花，也已有几个早结的绿皮的瓜。那样有趣而可爱的瓜架，我从不曾见过。再下面是一个深潭，绿色的水，莹静地停储在那里。我静静地立着，可以照见自己的面貌。高山如翠绿屏风似的围绕于三面。静悄悄的一点人声鸟声都没有。能在那里静立一二个钟头，那真是一种清福。但偶一抬头，却见太阳光已经照在山腰了。

一看表，已经7点，不能不回去了。再经过那个村落时，犬和人却都已进屋去，不再看见。到了市集，却忘了上山脊的路，去问保安队，他们却说不知。保安队会不知驻在地的路径，那真有些奇闻！我不再问他们，自己试了几次，终于到达了山脊，由那里到家，便是熟路了。

回家后，问问心南先生，他们说的大市集原来果是那里。山市竟是如此的寂寥的，那是我初想不到的；山中人原却并不比都市中人朴无欺诈，那也是我初想不到的。

1926年11月28日

① 司的克，stick音译，手杖。

从清华园到宣化

别后，坐载重汽车向清华园车站出发。沿途道路太坏，颠簸得心跳身痛。因为坐得高，绿榆树枝，时时扑面打来，一不小心，不低头，便会被打得痛极。8时12分，上平绥车，向西走，“渐入佳境”。左边是平原，麦田花畦，色彩方整若图案。右边，大山峙立，峰尖巉巉若齿，色极青翠。白云环绕半山，益增幻趣。绝似大幅工笔的青绿山水图。天阴，欲雨未雨。道旁大石巨崖棋布罗立，而小树散缀于岩间，益显其细弱可怜。沿途马缨花树最多，树尖即在车窗之下，绿衣红饰，楚楚有致。9时半，到南口。车停得很久。下去买了一筐桃子，总有一百多个，价仅二角。味极甜美。果贩们抢着叫卖，以脱手卖出为幸，据说获利极少。过南口，车即上山。溪水清冽，铮淙有声。过了几个山洞，山势险巇甚。在青龙桥站停了一会。又过山洞，经八达岭下，即入大平原。俨然换一天地。山势平衍若土阜，绿得可爱。长城如在车下。回顾八达岭一带，则山皆壁立，峻削不可攀援。长城蜿蜒卧于山顶，雉堞相望。山下则堡垒形的烽火台连绵不断。昔日的国防，是这样的设备得周密，今已一无所用了。长城一线已不能阻限敌人们铁骑的蹂躏了！

11时45分到康庄。这是一个很大的车站，待运的货物堆积得极多。有许多山羊，装在牲畜车上，当是从西边运来的。12时25分，过怀来，山势又险峻起来。山色黄绿相间，斑斓若虎皮纹，白云若断若连地懒散地拥抱于山腰。太阳光从云隙中射下，一缕一缕的，映照山上，益显得彩色的幻变不居。

下午1时余，到土木堡。此地即明英宗被也先所俘处，侍臣及兵士们死难者极多。闻有大墓一，今已不知所在。有显忠祠一，祀死难诸臣的，今尚在堡内。我们下车，预备在此处停留数小时。堡离车站数里；在田垄间走着。

进沛津门，即入堡。房屋构造，道路情形，已和“关内”不同。大街极窄小，满是泥泞，不堪下足，除小毛驴外，似无其他代步物。街下有“岁进士”和“选元”的匾额，初不知所指，后读题字，始知前者为“岁贡生”，后者为“选拔贡生”。商店很少，有所谓“孟尝君子之店”者，即为旅馆。门上又悬“好大豆腐”的招记，后又数见此招记。似居民食物主要品即为豆腐。到显忠祠，房屋破败不堪，明碑也鲜存者。此祠立于景泰间，至万历时焚于火，清初又毁于兵。康熙五十六年（1717）雷有乾等重建之。嘉庆间又加重修。祠后，辟屋祠文昌帝君，壁上画天聋、地哑像，乔模作态，幽默可喜。3 时半，回到车站，4 时又上车西去。6 时 20 分到下花园车站。这个地方，辽代的遗迹颇多，惜未及下车。鸡鸣山远峙于左，洋河浊浪滔滔，车即沿河而走。右有一峰孤耸，若废垒，四无依傍，拔地数十丈，色若焦煤，是一奇景。一路上都是稻田，大有江南的风光。6 时 55 分到辛庄子，溯河而上，洋河之水，势极湍急，奔流而下，潺潺之声满耳。堤岸皆方石所筑，极齐整，间亦有已被冲刷坏了的。对山一带，自山腰以下，皆是黄色，风力吹积之痕迹，宛然可见。漠外的沙碛，第一次睹得一斑。山色本来是绿的；为了黄沙的烘托，觉得幽暗，更显出暗绿。柳树极多，极目皆是。

7 时 40 分到宣化。车停在车站，拟即在此过夜。城外有兵士甚多，正在筑土堡，据说是在盖建营房。夜间，风很大，呼呼有声，不像是夏天。

8 日，清晨即起身。遥望山腰，白云绵绵不绝，有若衣带环束者，有若炊烟上升者。半山黄沙，看得更清楚。7 时半，坐人力车进城。入昌平门，门两旁有烧砖砌成之金刚神。城门上钉的是钟形之铁钉，极别致。城墙上有一石刻小孩做向下放便势；下有一猴，头顶一盘承之。据车夫说，从前每逢天将雨，盘上便有水渍。今已没有这效验了。穿城而过，出北门。北门的城楼，即有名之威远楼，明代所建，今尚未全颓。正对此楼，为镇虏台，台高四丈，远望极雄壮。旁有一小阜，名药王阁。我们走上去，无一人，屋内皆停棺木。狗吠声极凶猛。一老太婆在最高处出而问客。语声不可懂。她骨瘦如柴，说一声话，便要咳嗽几声。明白的是肺痨病已到不可救药的地步，真所谓“与鬼为邻”的了。我心头上觉得有物梗塞，非常难过，便离开了她，向镇虏台走来。台下为龙王殿，台上有匾曰“眺远”。此台为嘉靖甲寅（1554）所建，登之，可眺望全城。有明代碑记，凡“镇虏台”之“虏”字，皆已被铲去，殆是清代驻防军人所为。台下山旁，有洞穴二，初不知为何物，入其中，可容人坐立。车夫云：“为一山西客民所居，今已弃之而去。”这是我第一次见到的穴居。

过镇虏台，便望见恒山寺（一名北岳庙）。寺占一山巅，须过一小河始可达。山径已湮没，无路可上。行于乱石细草之间，尚不难走。前殿为安天殿，后殿为子孙娘娘庙。有顺治十年（1653）及乾隆甲午（1774）二碑。山石皆铁色。对河即为龙烟铁矿办事处。本有铁路支线一，因此矿停工，路亦被拆去。此矿规模极大，炼矿砂处，在北平之石景山。恒山寺下葡萄园极多，亦间有瓜田。平津一带所需之葡萄，皆由此处供给。又有天主堂的修道院一，建筑不久，式样似辅仁大学，当为同时所造的。院主为本国人吴君，在内修道者，有五六十人，都是从远方来的。

回到城内，游城中央的镇朔楼，本为鼓楼，大鼓尚存，今改为民众教育馆，办事精神很好，图书有《万有文库》等，尚不少。其北为清远楼，尚是旧形，原为钟楼，崇阁三层，为明成化年间御史秦纮所造，因上楼之门被锁上了，未能上去。清远楼正居城的中央，楼下通自衢四达，似峨（格）特式的建筑，全是圆拱式的。

甘霖桥东有朝玄观（亦作朝天观），有宣德九年（1434）杨荣撰及正统三年（1438）吴大节撰的碑记。楼阁虽已破败，而宏伟的规模犹在。

次到介春园（今名玉家花园），园本清初王毅洲（墨庄）的藏书处，乾隆间为李氏所得。道光十年（1830），始为守备王焕功所得，大加经营，为一邑名胜。鱼池花木，幽雅宜人，今也已衰败，半沦为葡萄园，闻年可出葡萄八千斤。园亭的建筑大有日本风（味），小巧玲珑。春时芍药极盛，今仅存数株耳。大树不少，正有两株绝大的，被斫伐去，斥卖给贾人。工匠丁丁的在挖掘树根。不禁有重读契诃夫《樱桃园》剧之感。

次到弥陀寺。朝玄观的道士云："先有弥陀，后有宣化，不可不看。"但此寺今已改为第二师范，仅存明代的铜钟及大铜佛各一。其实，弥陀寺乃始建于元中书右丞相安童，元、清皆曾重修。今碑文皆不见。铜佛高一丈八尺五寸，重四千余斤，为明宣德十四年（1439）九月十五日比丘性杲真源募缘建造。校园中，有大葡萄树数株，远者已有六十余年。

次去参观一清真寺，脱鞋入殿。此地教徒约五千人，甚占势力。

宣化本为李克用的沙陀国城，余址今尚可辨，又有镇国府，为明武宗的行在，曾辇豹房珍宝及妇女实其中，称曰"家里"，今为女子师范学校。惜因时促，均未及游。

宣化城内用水，皆依靠洋河，全城皆有小沟渠，引水入城，饮用，洗濯，及灌溉葡萄园皆用此水。人工河道，规模之小，似当以此处为最。

张家口

由宣化到张家口，不过半小时；下午7时35分开车，8时便到。饭后，到日新池沐浴。临时买了一瓶消毒药水，店伙竟以为奇，不知如何用法。大街上很热闹，商店极多，虽比不上上海、天津，却有北平最热闹街道的气象。洋货铺及麻菇店最多；西路东路的麻菇，皆以此地为总汇。又有悬挂“批发”招记而无售卖何物之标识的，听说，都是批发“特货”的店铺。

9日，从睡梦中为喇叭声所惊醒。一队队的军士，肩负铁铲，唱着军歌，出去做工。这时，天色刚亮，红霞满天，仅5点多钟。从车窗里远望，山势蜿蜒，狼烟台依山势的高下布置着。虽然都已颓败，但还可看出古代军事家的有计划的国防布置。

8时，从车站到大境门。这门是通口外的大道，很重要。路过清水河，河上有桥名清水桥，工程甚大。过桥后，有名“西来顺”的一家商店，同行者指着道：“这店便是批发‘特货’的一家。”一看果然是没有任何标识，只有店名及“批发”二字。

又经下堡，即昨夜走过的商业区。下堡又名旧城，明宣德四年(1429)所建。

出大境门，沿西沟而至元宝山，此地为汉蒙交易处。“半里许有地名马桥，由6月6日到9月10日止，每晨卖马牛羊者，集于此桥。”（白眉初：《中国省区全志》第一册）商店皆用满、蒙、藏三种文字为店标。墙上又高标外国商店二家之名，一为英商西密得，专收皮革；一为德商德华洋行，做外蒙的买卖，规模极大，成为中蒙贸易的专利的公司。他们有长途汽车不少，往来于张家口、库伦间。每年获利极巨。闻去年即挣了纯利四百余万元。途中牛车百数十辆，连绵不断。山边有水泉流出，在沙地中流着，牛马皆就之而饮。

泉水的发源地，在一所极小的小庙下的岩中。前望山岭，回环拥抱，仅此一线峡涧，为交通的孔道。峰回路转，气象万千。但此处为大车路，不通汽车，到库伦去的汽车，要经万全。

大境门上有“大好河山”四字，为高维岳手笔。沿途稽查很严，每逢要摄影的地方，岗警必来要去名片并盘问几句。足见这地方在防守上地位的重要，实不能不这样防备的。

回车午餐，休息了一会，车上热度到华氏表九十八度。便坐车到公园，布置尚楚楚，动物笼中仅山兔及狼而已。次到赐儿山，山为张垣最有名的胜地，有汽车道，正在修理，可直达半山。山一名云泉山，上有云泉寺。寺为娘娘庙，顺治辛卯年（1651）重修，求子者多祷于此，故香火很盛。殿下有二洞，一曰冰洞，终年皆冰；一曰水洞，冬日不冻。但人而观之，则水洞当此夏季，当然有水；而冰洞则干涸见底，不仅无冰，也不见有水。娘娘殿两旁有忠义宫及袁公亭。忠义宫祀关羽，袁公亭则祀清时粮厅袁某者。袁公亭最高爽，登览之顷，四山似皆在足下。整个张垣，历历可指。亭中，闻有某军官在避暑，阶上放着留声机一具；亭下小屋一间，贴着“小厨房”字样。

忠义宫中，满挂着仙佛的“照相”，阴影憧憧，鬼形可怖。闻民国十八九年（1929—1930）间，扶乩之风最盛，此皆其所遗之痕迹。道人云：“近来已衰落了。”但观其陈列之物很整齐、很新鲜，似还有人在开坛捣鬼。

园中有浊水一池，游人们多坐在池边纳凉，池中一无所有。公园四周，多树“格言画”牌，每牌画一个故事，表现“孝悌忠信，礼义廉耻”八个大字的训条。西北军的传统的老信念也。

次到地藏寺，一进门，开殿门的人便给我们一个警告：“有汗的不要进去。”其实我们都已走得汗出。“为什么？”“洞里头冷，怕着凉。”进洞，确是很冷，和外面温度至少相差十五度。原来此殿是就山洞而造的。骤由太阳的炎光中走到这洞里，觉得很爽快。没有人肯听警告者的话。殿里很黑暗，柱上都盘着龙，不是彩画的，是泥和木塑成的，张牙舞爪，形状可怕，这是我们第一次见到这样的“龙柱”。旁有风神祠及仓神殿。仓神殿亦为扶乩之所，陈列的鬼影不少。风神祠惜因门锁闭，未得进去，不知风神果做何状。寺内有康熙、乾隆、嘉庆各时代的碑。一阵风来，天井中亭角的风铃当当作响，清脆可听。这声音，在南方似已不易听到了。

次到市圈，即所谓上堡（一名新堡）者是。堡修于明万历时，为对蒙交易之所。有万历四十四年（1616）汪道亨所作“新城来远堡题名记”，今尚存。殆为张垣最古的一碑。闻在中俄通商、库伦贸易未断之前，此处商业甚盛。还有医院一所，今则半成颓垣废瓦，空无居人，仅有军士数人看守耳。军士们作业甚勤，提筐倒土，执铲去泥，无役不作。即抬土时，亦开正步走。我们去时，正有兵士数人被罚跪于道旁。堡上最高处为关岳庙，规模甚大，其戏台乃在市圈广场之一边。庙中有“合圣佛坛”，亦为扶乩的地方。

次到旧堡，亦有城，甚大。有玉皇阁，在城边上，就城为庙，可望见全部商业地及四山。道人遥指道:“对山是宋主席新建的观音寺，还没有完工呢。”绿山之中，一大块的白茫茫的新斫的山岩，即为其地。

归时，往怡安市场，大似北平头发胡同的旧货市，不过所售者非旧物耳。

张垣风光，和东南及冀鲁都不相同。我们到处所见皆为新鲜的事物，几乎是带着好奇的心去考察。这里没有旧的文化，没有像大同那样的惊人的古迹，甚至没有像宣化那样漂亮的建筑和楼牌。这里始终是一个商业的中心，从明代到民国初元都是在这样的情形底下发展着，但现在却形势全非了！那地方的险要是什么人都知道的。西北几省的存亡，几以此一要塞的保全与否为关键;甚至在远东的国际战争上，也是握着极重要的关键。目前的这样熙熙攘攘的景象，果能保持到几时呢？

车正从一所戏园边经过，悲壮凄凉的秦声正从园中透出。

大同

10日，5时即起身。6时20分由张家口开车。过阳高时，本想下去游白登堡，因昨夜大雨滂沱，遍地泥泞，不能下足，只好打消此议。下午1时半到大同。

大同在六朝做过北魏的都城，历代也都是大邑重镇。遗留古迹极多。在平绥路线上是一个最有过去的光荣的地方。现在车道可通太原等处。将来同蒲路修竣，这个地方在军事和商业上占的地位更为重要。

过大同的人，没有一个不耳熟于云冈石窟之名。这是北魏时代的一个伟大的艺术的宝窟，我憧憬于兹者已有好多年。到大同的目的，大半在游云冈。但并不是说，城内便没有可逛的地方。大同的城内也到处都是古迹，都有伟大的建筑物和艺术品在着。在大同，便够你逛个十天八天，逛个心满意足，还使你流连徘徊，不忍即返。

在车站上听见人说，连日大雨倾盆，通云冈的汽车道已被水冲坏，交通中断。这话使我的游兴为之减去大半。其田、文藻到骑兵司令部去打听关于云冈道上的消息，并去借汽车——到云冈虽不过三十里，汽车一小时余可达，坐骡车骑马却都很费事，故非去借汽车不可。过了许久，他们才回来，说赵司令承绶已赴云冈，他也因路断不能回来。现在正派工兵连夜赶修，大约明天这条路可以修好。

这样地在期待中，在车厢里过了半天，夜色苍茫，如豆的电灯光照得人影如鬼影似的，实在鼓不起上街的兴趣。到这陌生的地方，也不愿意夜游。便在车上闲谈，消遣过这半夜。

11日6时起。9时左右，司令部的载重汽车来了。先游城内。云冈的修路消息还没有来，据说，要12时前后方才知道确实的情形。颉刚游过大同数次，他独留在车上写信，不出去。

大同旧城外，有外郭三，除兵房外，无甚商店。但马路甚好，兵士时常的在修理。一进旧城，便是县政府的范围，那马路的崎岖不平，泥泞满途，有过于北平人所称的“无风三尺土，有雨一街泥”。我们坐在大汽车上颠簸得真够受。旧城的城楼，曾改建成西式的楼房，作为图书馆。后冯玉祥军围大同，图书馆为炮火所毁。至今未能恢复。一座破坏了的洋楼孤巍巍地耸立在城头，倒是一个奇观。

到了阳和街东，便是九龙壁的所在。这是代王邸前的一道照壁。王邸已沦为民居，仅此照壁尚存。锁上了门，须叫看守者开门进去。那九条龙张牙舞爪的显得很活泼。琉璃砖瓦砌合的东西，光彩过于辉煌耀目，火辣辣的，一看便有非高品之感。但此壁琉璃砖上的彩色已剥落了不少，却觉得古色斑斓，恬暗幽静，没有一点火气，较之北海公园的那一座九龙壁来，这一座是够得上称作老前辈的了。在壁下徘徊了好久。壁的前面是一个小池。据看守人说，池里有水的时候，龙影映在水中，活像是真龙。又说，大小龙共计一千三百八十条。此数大约不确，连琉璃瓦片上的小龙计之，也不会到此巨数的。“九龙神迹”的一碑为乾隆重修时所立。又有嘉庆及民国十九年（1930）重修的二碑。

次游华严寺，这是大同城内最著名的梵刹。共有上寺下寺二所，相距甚近。当初香火盛时，或是相连的，后来寺址的一部分被占为民居，便隔成两地了。这是很可能的解释。上华严寺规模极大，现在虽然破坏不堪，典型犹在。旁院及后院皆夷为民居。大雄宝殿是保存得最好的一部分。终年锁上了门，可想见香火的冷落。找到了一个看守的和尚，方才开了门。此殿曾经驻过兵，被蹂躏得不堪。壁画尚完好。但都是金碧焕然，显为二三十年内所做的。有题记云“信心弟子画工董安”，又云“云中钟楼西街兴荣魁信心弟子画工董安”。这位董安，当是很近代的人。但画的佛像及布置的景色却浑朴异常，饶有古意。有好几个地方还可看出旧的未经修补涂饰的原来痕迹。大约董安只不过修补一下，加上些新鲜的颜色上去而已。原来署名的地方，一定是有古人署名的，却为他所涂却，僭写上了自己的名号了。此种壁画，当不至经过一次两次的涂饰。每经过一次的“装修”，必定会失去若干的“神韵”。凡董安所曾“装修”过的，细阅之，笔致皆极稚弱，仅存古作的躯壳耳。凡未经他的“装修”的，气魄皆很伟大，线条使色，都比较的老练、大胆。今日壁画的作家，仅存于西北一隅，而人皆视之为工匠，和土木工人等量齐观，所得也极微少，无怪他们的堕落。再过几年，恐怕连这类的“匠人”也不易找到了。北方的佛教势力实在是太微弱了，除了一年一度或数度的庙会之外，差不多终年是没有香火的。有香火的几个庙，不过是娘娘庙、城隍庙及关帝庙、玉皇庙等寥寥数座而已。为了生活的压迫，连宗教的崇拜也都专趋于与自己有切身利害关系的神祇们身上，释迦、如来之类，只好是关上大门喝西风了。故北方的庙宇，差不多不容易养活多少个僧侣。像灵隐寺及普陀山诸寺之每寺往往住着数百千个和尚的简直是没有。这有名的古刹华严寺，不过住着几个很穷苦的看守人而已，而其衣衫的破烂，殊有和这没落的古庙相依为命之概。北方的庙宇，听说，只有喇嘛庙还可以存在，每庙也常住着数百人。其经济的来源却是从蒙古王公们那方面供给的居多，然今日也渐渐地日见其衰颓了。

上华严寺的大殿上的佛像以及布置，都和江南及北平的不同。殿很大，共有九九八十一间。还是辽代的建筑，历经丧乱，巍然独存。佛像极庄严，至晚是金元时代的东西。供养佛前的花瓶，是石头造的。像后的焰光极繁缛绚丽，和永乐时代的木版雕刻的佛像有些相同。无疑地，木雕是从这实物上仿得的。

“大雄宝殿”四字是宣德二年（1427）写的。又有“调御丈夫”一额，是万历戊午年（1618）马林所题。此外，便无更古的题记了。

走过一条街便是下华严寺。一走进寺门，觉得气魄没有上寺大，眼界没有上寺敞。但小和尚们——这里还有几个和尚及沙弥，庙宇保存得也还好——把大殿的门打开了时，我们的眼光突为之一亮，立刻喊出了诧异和赞叹之声。啊，这里是一个宝藏，一个最伟大的塑像的宝藏！从不曾见过那么多的那么美丽的塑像拥挤在一起的。这里的佛像确有过于拥挤之感，也许是从别的地方搬运了些过来的吧。简直像个博物院。上寺给我们的是衰败没落的感觉，到这下寺却使我们感到走进一个保存古物的金库里去。上寺的佛像是庄严的，但这里的佛像，特别倚立着的几尊菩萨像，却是那样的美丽。那脸部，那眼睛，那耳朵，那双唇，那手指，那赤裸的双足，那婀娜的细腰，几乎无一处不是最美的制造品，最漂亮的范型。那倚立着的姿态，娇媚无比啊，不是和洛夫博物院的 Venus de Melo 有些相同么？那衣服的褶痕、线条，哪一处不是柔和若最柔软的丝布的，不像是泥塑的，是翩翩欲活的美人。地山曾经在北平地摊上买到过一尊木雕的小菩萨像，其姿势极为相同。当为同时代之物。大约还是辽代的原物吧？否则，说是金元之间的东西，是决无疑问的。在明代，便不见了那飞动、那婀娜的作风了。明的塑像往往是庄严有余，生动不足的。清代的作物，则只有呆板的形象，连庄严慈祥的表情也都谈不到了。眼前便有一个好例：在这宝库里，同时便有几尊清代的塑像杂于其间，是那样的猥琐可怜！

我看了又看，相了又相，爬上了供桌，在佛像菩萨像之间，走着，相着，赞叹着。在殿前殿后转了好几个弯。要是我一个人在这里的话，便住在这里一天两天三天都还不能看得饱足的。可惜天已正午，不能不走。走出这拥挤的宝殿时，还返顾了好几次！

殿内有《大金国西京大华严寺重修薄伽藏教记》，为金天眷三年（1140）云中段子卿撰。原来这里是一个藏经殿。殿的四周，经阁尚存，但不知是否原物。打开了经阁看时，金代的藏经当然是不翼而飞了，但其中还藏着一部《正统藏》，残阙颇多，有的仅存经皮。赵城县广胜寺所藏的一部《金藏》或与这寺有些渊源关系吧。

回到车上，匆匆地吃了午饭。司令部的招待员不久便来，说云冈的汽车道已经修好了。我们便兴冲冲地又上了载重汽车，是带着那样的兴奋和期望走向我们的更伟大的佛教的宝藏云冈去！

在云冈预定至少要住两天。

云冈

云冈石窟的庄严伟大是我们所不能想象得出的。必须到了那个地方，流连徘徊了几天、几月，才能够给你以一个大略的、美丽的轮廓。你不能草草地、浮光掠影地、跑着、走着看。你得仔细去欣赏。猪八戒吃人参果似的一口吞下去，永远不会得到云冈的真相。云冈决不会在你一次两次的过访之时，便会把整个的面目对你显示出来的。每一个石窟，每一尊石像，每一个头部，每一个姿态，甚至每一条衣襞，每一部的火轮或图饰，都值得你仔细地流连观赏，仔细地远观近察，仔细地分析研究。七十尺，六十尺的大佛，固然给你以宏伟的感觉，即小至一尺二尺，二寸三寸的人物，也并不给你以邈小不足观的缺憾。全部分的结构，固然可称是最大的一个雕刻的博物院，仅就一洞、一方、一隅的气氛而研究之，也足以得着温腻柔和、慈祥秀丽之感。它们各有一个完整的布局。合之固极繁赜富丽，分之亦能自成一个局面。

假若你能够了解，赞美希腊的雕刻，欣赏雅典处女庙的浮雕，假若你会在 Venus de Melo 像下，流连徘徊，不忍即去，看两次，三次，数十次而还不知满足者，我知道你一定能够在云冈徘徊个十天八天、一月两月的。

见到了云冈，你就觉得对于下华严寺的那些美丽的塑像的赞叹，是少见多怪。到过云冈，再去看那些塑像，便会有些不足之感——虽然并不会以他们为变得丑陋。

说来不信，云冈是离今一千五百年前的遗物呢；有一部分还完好如新，虽然有一部分已被风和水所侵蚀而失去原形，还有一部分是被斫下去盗卖了。

那么被自然力或奸人们所破坏的完整部分，还够得你赞叹欣赏的，且仍还使你有应接不暇之慨。入了一个佛洞，你便有如走入宝山，如走到山阴，珍异之多，山川之秀，竟使你不知先拾哪件好，先看哪一方面好。

曾走入一个大些的佛洞，刚在那里看大佛的坐姿和面相，忽然有一个声音叫道：

“你看，那高壁上的侍佛是如何的美！”

刚刚回过头去，又有一个声音在叫道：“那门柱上的金刚，有五个头的如何的显得力和威！还有那无名的鸟，躯体是这样的显得有劲！”

“快看，这边的小佛是那么恬美，座前的一匹马，没有头的，一双前腿跪在地上，那姿态是不曾在任何画上和雕刻上见到呢。”

“啊，啊，一个奇迹，那高高的壁上的一个女像，手执了水瓶的，还不活像是阿述利亚风的浮雕么？那扁圆的脸部简直是阿述帝国的浮雕的重现。”

这样的此赞彼叹，我怎样能应付得来呢！赵君执着摄影机更是忙碌不堪。

但贪婪的眼和贪婪的心是一点不知疲倦的；看了一处还要再看一处，看了一次，还要再看一次。

云冈石窟的开始雕刻，在公元453年（魏兴安二年）。那时，对于佛教的大迫害方才除去，主张灭佛法的崔浩已被族诛。僧侣们又纷纷在北朝主者的保护下活动着。这一年有高僧昙曜，来到这武周山的地方，开始掘洞雕像。昙曜所开的窟洞，只有五所。后来成了风气，便陆续地扩大地域，增多窟洞。佛像也愈雕愈多，愈雕愈细致。

《魏书释老志》云：“太安初，有师子国胡沙门邪奢遗多、浮陁难提等五人，奉佛像三，到京师，皆云备历西域诸国，见佛影迹及肉髻，外国诸王相承，成遣工匠摹写其容，莫能及难提所造者。去十余步，视之炳然，转近转微。又沙勒湖沙门赴京师致佛钵及画像迹。初昙曜以复佛法之明年（兴安二年，公元453年），自中山被命赴京。帝后奉以师礼。昙曜白帝，于京城西武周塞凿山石壁，开窟五所，镌建佛像各一，高者七十尺，次六十尺，雕饰奇伟，冠于一世。”

又云：“皇兴中，又构三级石佛图，榱栋楣楹，上下重结，大小皆石。高十丈，镇固巧密，为京华壮观。”（均见卷一百十四）

又《续高僧传》云："元魏北台恒北石窟通乐寺沙门解昙曜传：释昙曜，未详何些人也。少出家，摄行坚贞，风鉴闲约。以元魏和平年，任北台昭元统，绥辑僧众，妙得其心。住恒安石窟通乐寺，即魏帝之所造也。去恒安西北三十里，武周山谷，北面石崖，就而镌之，建立佛寺，名曰灵岩。龛之大者，举高二十余丈，可受三千许人，面别镌像，穷诸巧丽，龛别异状，骇动人神。栉比相连，三十余里。东头僧寺恒供千人，碑碣见存，未卒陈委。先是太武皇帝太平贞君七年，司徒崔浩，令帝崇重道士寇谦之，拜为天师，珍敬老氏，虔刘释种，焚毁寺塔。至庚寅年，太武感致疠疾，方始开始。帝既心悔，诛夷崔氏。至壬辰年，太武云崩，子文成立，即起塔寺，搜访经典。毁法七载，三宝还兴。曜慨前陵废。欣今重复（以和平三年壬寅）。故于北台石窟，集诸德僧，对天竺沙门译付法藏传，并净土经，流通后贤，意存无绝。"（卷一）

然这二书之所述，已可见开窟雕像的经过情形，不必更引他书。唯《续高僧传》所云"栉比相连，三十余里"，未免邻于夸大。武周山根本便没有绵延到三十余里之长，至多不过五六里长。还是《魏书释老志》所述"开窟五所"的话，最可靠。但昙曜开辟了此山不久，此山便成了皇家崇佛的圣地。在元魏迁都之前，《魏书》屡记皇帝临幸武周山石窟寺之事。

《魏书显祖记》："皇兴元年八月丁酉，行幸武周山石窟寺"（公元467），以后又有七八次。

又《魏书高祖记》："太和四年八月戊申，幸武周山石窟寺。"

以后又有三次。

但也不仅皇家在那里开窟雕像；民间富人们和外国使者们也凑热闹地在那里你开一窟，我雕一像地相竞争。就连日所得的碑刻看来，西头的好几个洞，都是民间集资雕成的。这消息，足征各洞窟的雕刻所以作风不甚相同之故。因此，不久之后，武周山便成了极热闹的大佛场。

《水经注》"㶟水"条下注云："其水又东北流注武周川水，武周川水又东南流。水侧有石祇洹舍，并诸窟室，比丘尼所居也。其水又东转径灵岩，凿石开山，因岩结构，真容巨壮，世法所希。山堂水殿，烟寺相望，林渊锦镜，缀目新眺。川水又东南流出山。《魏土地记》曰：平城西三十里，武周塞口者也。”

按《水经注》撰于后魏太和，去寺之建，不过四五十年，而已繁盛至此。所谓“山堂水殿，烟寺相望，林渊锦镜，缀目新眺”，决不是瞎赞。

《大清一统志》引《山西通志》：“石窟十寺，在大同府治两三十里，元魏建，始神瑞，终正光，历百年而工始完。其寺，一同升，二灵光，三镇国，四护国，五崇福，六童子，七能仁，八华严，九天宫，十兜率。内有元载所修石佛十二龛。”那十寺不知是哪一代的建筑。所滑元载云云，到底指的是元代呢，还是指的唐时宰相元载？或为“元魏”二字之误吧？云冈石刻的作风，完全是元魏的，并没有后代的作品掺杂在内。则所谓元载一定是元魏之误。十寺云云，也不会是虚无之谈。正可和《水经注》的“山堂烟寺相望”的话相证。今日所见，石窟之下，是一片的平原，武周山的山上也是一片的平原，很像是人工所开辟的；则“十寺”的存在，无可怀疑。今所存者，仅一石窟寺，乃是清初所修的，石窟寺的最高处，和山顶相通的，另有一个古寺的遗构。惜通道已被堵塞，不能进去。又云冈别墅之东，破坏最甚的那所大窟，其窟壁上有石孔累累，都是明显的架梁支柱的遗迹。此窟结构最为宏伟，难道便是《魏书释老志》所称“皇兴中又构三级石佛图”的故址所在么？这是很有可能的。今尚见极精美的两个石柱耸立在洞前。

经我们三日（11 日到 13 日）的奔走周览，全部武周山石窟的形势，大略可知。武周山因其山脉的自然起讫，天然地分为三个部分，每一部分都可自成一局面，中有山涧将它们隔绝开。如站在武周河的对岸望过去，那脉络的起讫是极为分明的。今人所游者大抵为中部；西部也间有游者，东部则问津者最少。所谓东部，指的是自云冈别墅以东的全部。东部包括的地域最广，惜破坏最甚，洞窟也较为零落。中部包括今日的云冈别墅、石窟寺、五佛洞，一直到碧霞宫为止。碧霞官以西便算是西部了。中部自然是精华所在，西部虽也被古董贩者糟蹋得不堪，却仍有极精美的雕刻物存在。

我们 11 日下午 1 时 20 分由大同车站动身，坐的仍是载重汽车。沿途道路，因为被水冲坏的太多，刚刚修好，仍多崎岖不平处。高坐在车上，被颠簸得头晕心跳。有时，猛然一跳，连座椅都跳了起来。双手紧握着车上的铁条或边栏，不敢放松一下，弄得双臂酸痛不堪。沿武周河而行，中途憩观音堂。堂前有三龙壁，也是明代物。驻扎在堂内的一位营长，指点给我们看道："对山最高处便是马武塞，中有水井，相传是汉时马武做强盗时所占据的地方。惜中隔一水，山又太高，不能上去一游。"

三十华里的路，足足走了一个半钟头。渡过武周河两次，因汽车道是就河边而造的。第一次渡过河后，颉刚便叫道：

"云冈看见了！那山边有许多洞窟的就是。"

大家都很兴奋。但我只顾着紧握铁条，不遑探身外望；什么也没有见到，一半也因坐的地方不大好。

"看见佛字峪了，过了寒泉石窟了。"颉刚继续地指点道，他在三个月之前刚来过一次。

啊，啊，现在我也看见了，云冈全景展布我们之前。几个大佛的头和肩也可远远的见到。我的心是怦怦地急跳着。向往着许久的一千五百年前的艺术的宝窟，现在是要与它相见了！

3时到云冈。车停于石窟寺东邻的云冈别墅。这别墅是骑兵司令赵承绶氏建的。这时，他正在那里避暑。因为我们去，他今天便要回大同，让给我们住几天。这里，一切的新式设备俱全——除了电灯外。

这一天只是草草的一游。只到石窟寺（一作大佛寺）及五佛洞走走，别的地方都没有去。

登上了大佛寺的三层高楼，才和这寺内的一尊大佛的头部相对。四周都是黄的红的蓝的色彩，都是细致的小佛像及佛饰。有点过于绚丽失真。这都是后人用泥彩修补的，修得很不好，特别是头部，没有一点是仿得像原形的。看来总觉得又稚弱又猥琐，毫没有原刻的高华生动的气势。这洞内几乎全部是彩画过的，有的原来未毁坏的，其真容也被掩却。想来装修不止一次，最后的一次是光绪十七年兴和王氏所修的。他"购买民院地点，装采五佛洞，并修饰东西两楼，金装大佛全身"。不能不说与云冈有功，特别是购买民地，保存石窟的一事。向西到五佛洞，也因被装修彩绘而大失原形，反是几个未被“装彩”过的小洞，还保全着高华古朴的态度。

游五佛洞时，有巡警跟随着。这个区域是属于他们管辖的；大佛寺的几个窟，便是属于寺僧管辖的；五佛洞西的几个窟，有居民，可负保管之责；再西的无人居的地方，便索性用泥土封闭了洞口，在洞外写道“内有手榴弹，游者小心”一类的话，其实没有。被封闭的无人看管的若干洞，也尽有好东西在那里。据巡长说，他们每夜都派人在外巡察。此地现已属于古物保管会管辖，故比较不像从前那样容易被毁坏。

五佛洞西，有几尊大佛的头部，远远的可望见。很想立刻便去一游。但暮色渐渐地笼罩上来，像在这古代宝窟之前，挂上了一层纱帘。我们只好打断了游兴，回到云冈别墅。

武周山下，靠近西部，为云冈堡，一名下堡，堡门上有迎薰、怀远二额，为万历十四年所立。云冈山上还有一座土城屹立于上，那便是云冈堡的上堡。明代以大同为重镇，此二堡皆为边防兵的驻所。

晚餐后，在别墅的小亭上闲谈。东部的大佛窟，全在眼前。那两个立柱还朦朦胧胧的可见到。忽听到山下人家有击筑奏筝及吹笛的声音；乐声呜呜、托托的，时断时续。我和颉刚及巨渊寻声而往，听说是娶亲。正在一个古洞的前面，庭际搭了一个小棚，有三个音乐家在吹打。贺客不少，新娘盘膝坐在炕上。

在这古窟宝洞之前，在这天黑星稀的时候，在当前便是一千五百年前雕划的大佛，便是经历了不知多少次的人世浩劫的佛室，听得了这一声声的呜呜托托的乐调，这情怀是怎样可以分析呢？凄惋？眷恋？舒畅？忧郁？沉闷？啊，这飘荡着的轻纱似的无端的薄愁呀！啊，在罗马斗兽场见到黑衫党聚会，在埃及的金字塔下听到土人们作乐，在雅典处女庙的古址上见旅客们乘汽车而过，是矛盾？是调和？这永古不能分析的轻纱似的薄愁的情怀！

归来即睡。入睡了许久，中夜醒来，还听见那梆子的托托和笛声的呜呜。他们是彻夜的在奏乐。

12 日一早，我性急，便最先起身，迎着朝暾，独自向东部去周览各窟。沿着大道（这是骡车的道）向东直走，走过石窟寒泉，走过一道山涧，走过佛字峪。愈向东走，石窟愈少愈小，零零落落的简直无可称道。山涧边，半山上有几个古窟，攀登了上去一看，那岩窟里是一无所有。直走到尽头处，然后再回头向西来，一窟一窟的细看。

最东的可称道的一窟，当从“左云交界处”的一个碑记的东边算起。这一窟并不大。仅存一坐佛，面西，一手上举，姿态尚好，但面部极模糊，盖为风霜雨露所侵剥的结果。

窟的前壁，向内的一部分，照例是保存得最好的，这个所在，非风势雨力所能侵及，但也一无所有，刀斧斫削之痕，宛然犹在。大约是古董贩子的窃盗的成绩。

由此向西，中隔一山涧，地势较低，即“左云交界处”。道旁零零落落的，小佛窟不少。雕刻的小佛随处可见。一窟内有较大的立佛二，但极模糊。窟西，有一小窟，沙土满中，一破棺埋在那里，尸身的破蓝衣已被狗拖出棺外，很可怕。然此窟小佛像也有不少，窟外壁上有明人朱廷翰的题诗，字很大。由此往西，明人的题刻不少，但半皆字迹剥落，不堪卒读。在明代，此处或有一大庙，为入云冈的头门，故题壁皆萃集于此。

西首有二洞，上下相连，皆被泥土所堵塞，想其中必有较完好的佛像。一大窟，在其西邻，也已被堵塞，但从洞外罅隙处，可见其中彩色黝红，极为古艳，一望而知，是元魏时代所特有的鲜红色及绿色，经过了一千五百余年的风尘所侵所曝的结果，决不是后代的新的彩饰所能冒充得来的。徒在门外徘徊，不能入内。这里便是所谓“石窟寒泉”。有一道清泉，由被堵塞的窟旁涓涓地流出，流量极微。窟上有“云深处”及“山水清音”二石刻，大约也是明人的手笔。

西边有一洞，可入。洞中有一方形的立柱，高约八尺。一佛东向，一佛西向，又一佛西南向，皆模糊不清。西南向者且为泥土所修补的，形态全非。所雕立的、坐的、盘膝的小佛像甚多，但不是模糊，便是头部或连身部俱被盗去。

再西为碧霞洞（并非原名，疑亦明人所题），窟门有六，规模不小。窟内一物无存，多斧凿痕，当然也是被盗的结果。自此以西，便没有石窟可见。颇疑自“左云交界处”向西到碧霞洞，原是以“石窟寒泉”那个大窟的中心的一组的石洞。在明代，大约这里是士人们来往最为繁密的地方，或窟下的平原上，本有一所大庙，可供士大夫往来住宿的，然今则成为云冈最寥落、最残破的一部分了。

碧霞洞以西，是另成一个局面的结构。那结构的规模的宏伟，在云冈诸窟中，当为第一。数十丈的山壁上，凿有三层的佛像，每层的中间，皆有石孔，当然是支架梁木的所在。故这里，在从前至少是一所高在三层以上的大梵刹。颉刚说：“这里便是刘孝标的译经台。”正中是一个大佛窟，窟前有二方形立柱，虽柱上雕刻皆已模糊不可辨识，那希腊风的人形雕柱的格局却是一看便知的。大窟的两旁，各有一窟，规模也殊不小。和这东西二窟相连的，更有数不清的小窟小龛。惜高处无法攀缘而上，只能周览最下层的一部分。

一进了正中的那个大窟，霉土之气便触鼻而来；还夹着不少鸽粪的特有的臭味，脱落的鸽翎，满地都是。有什么动物，咕咕咕的在低鸣着。啪啪的一扑着翼，成群地飞了出来，那都是野鸽。地上很潮湿，积满了古尘、泥屑和石屑。阴阴的，温度很低冷，如入了地下的古墓室，但一抬起头来，却见的是耀眼的伟大的雕刻物。正中是一尊大佛，总有六十多尺高，是坐像，旁有二尊菩萨的大像，侍立着。诸像腰部以下皆剥落不堪，连形态都不存，但上半身却仍是完好如新。那头部美妙庄严，赞之不尽。反较大佛寺、五佛洞诸大佛之曾经修补者为更真朴可爱。这是东部唯一的一尊大佛。但除此三大佛外，这大窟中是空无所有，后壁及东西壁皆被风势及水力或人工所削平，连半点模糊的雕像的形状都看不到。壁上湿漉漉的，一抹便是一手指的湿的细尘。窟口的向内的壁上，也平平的不存一物，唯一条条的极整齐的斧凿痕还很清显的在那里，一定是近十余年来的人工破坏的遗迹。

东边的一窟，其中也被破坏得无一物存在。地上堆积了不少的由壁上脱落下来的石块，被古尘沾满，和泥土成了同色，大约不是近数十年来之所为的。

西边的一窟，虽也破败不堪，却还有些浮雕可见到。副窟小龛里，遗物还不少。这西窟的东壁为泥土所堵塞，西壁及南壁，浮雕尚有规模可见。窟顶上刻有“飞天”不少，那半裸体的在空中飞舞着的姿态，是除了希腊浮雕外，他处少见的，肉体的丰满柔和，手足腰肢的曲线的圆融生动，都不是东方诸国的古石刻上所有的。我抬了头，站在那里，好久没有移开，有时，换了一个方向看去。但无论在哪个方向看去，那美妙、圆融的姿态总是令人满意、赞赏的。

由此窟向西，可通另一窟，也是一个相连的副窟。我们可称它为西窟第二洞。洞中有三尊坐佛，皆盘膝而坐。这个布置，在诸窟中不多见。东壁的浮雕皆比较的完整。后壁及西壁则皆模糊不堪。

如果把这以大佛窟为中心的一组洞窟恢复起来，其宏伟是有过于其西邻的大佛寺的。可惜过于残破，要恢复也不可能。我疑心《魏书释老志》上所说，皇兴中构的三级石佛图，其遗址便在此处。此地曾经住人，近代建的窨式的穹形洞尚存数所。

由此向西，不多数步，便是一道山涧，或小山峡，隔开了云冈别墅和这大佛窟的相连。

从云冈别墅开始向西走，便是中部。

中部又可分为五个部分来说。

我依旧是独自一个人由云冈别墅继续的向西走，他们都已出发到西头去逛了。

第一部分是云冈别墅。别墅的原址是否为一大洞窟，抑系由平地填高了的，今已不能查考。但别墅之后，今尚有好几个石窟，窟内有一佛的，有二佛对坐的，俱被风霜侵蚀得不成形体。小雕像也几乎无存。但在那些洞窟中，还堆着不少烧泥的屋瓦和檐饰。显然的这别墅的原址，本是一座小庙，或竟是连合在大佛寺中的一个东偏院。惜不及详问大佛寺的住持以究竟。那些佛窟，决不能独立成为一组，也当是大佛寺的大佛窟的东边的几个副窟。但为方便计，姑算它作中部的第一部分。

第二部分包括大佛寺内的两个大窟。这两窟的前面，各有一楼，高各三层，第三层上有游廊可相通达。三楼之上，更有最高的一层，仿佛另有梯级可通，却寻不到。前面已经说过，大约是较此楼更古的一个建筑物。

第一窟通称为大佛殿；殿前有咸丰辛酉重修碑，有不知年月满文碑．有同治十二年及光绪二年的满文碑。又有明万历间吴氏的一个刻石，更无古者。

入殿后，冷气飕飕由窟中出。和尚手执一把香燃点起来，为照看雕像之用。楼下一层很黑暗，非用火光，看不到什么。正中是一尊大佛，高约六十尺，身上都装了金，四壁浮雕，都被涂饰上新的色彩。且凡原像模糊不清，或已失去之处，皆一一以彩泥为之补塑，怪不调和的。第二层楼上，光线较好，壁上也多半都是彩泥的塑像。站在这楼，正对大佛的胸部，到了三层楼上，方才和大佛的头部相对。大佛究竟还完好，故虽装了金，还不失其美妙慈祥的面姿。

第二窟俗称如来殿。窟中也极黑暗，结构和大佛殿大不相同。正中是一个方形立柱，每一面有一立佛，像支柱似的站着，柱上雕得极细。但有一佛，已毁，为彩泥所补塑。北壁为泉水所侵害，仅模糊可辨人形。东西壁尚完好，修补较少，较大佛殿稍存原形。登上了三楼，有一木桥可通那四方柱的第二层。这一层雕刻的是四尊坐像，四边浮雕极多，皆是侍像及花饰，有极美者。这立方柱当是云冈最完好的最精致的一个。

第三部分包括所谓弥勒殿及佛籁洞的二窟；这二窟介于大佛寺和五佛洞之间，几成了瓯脱之地，无人经管，弥勒殿前有额曰“西来第一山”，为顺治四年马国柱所题。那结构又自不动。正壁有二佛对坐着，像在谈经。其上层则为三尊佛像。其东西二壁各有八佛龛；每龛的帏饰，各有不同；都极生动可爱。有的是圆帏半悬，有的是绣带轻飘，无不柔软圆和，一点石刻的生硬之感也没有。顶壁的飞天及莲花最为完整。六朵莲花，以雕柱隔为六部。每一朵莲花，四周皆绕以正在飞行的半裸体的飞天，隔柱上也都雕刻着飞天。总有四十位飞天，那姿态却没有一个相同的；处处都是美，都是最圆融的曲线，那设计和雕工是世界上所不多见的。更好的是这窟中的雕像，全为原形，未经后人涂饰。

佛籁洞在其西，破坏已甚。观其结构的形势，当和弥勒殿完全相同。唯无后殿，规模较小。正中的一佛，为后人用彩泥补塑的。原来，照其佛龛的布置及大小，当也是二佛对坐谈经的姿态。

此殿前面，本来有楼，已塌毁。窟门左右，一边有五头佛，一边有三头佛，都显出有威力和严肃的样子，似是把守门口的神道们，同时用来做支柱的。窟外壁上，有浮雕的痕迹甚多，惜剥落殆甚，极为模糊。以上二窟，似也为大佛洞的西首的副窟。

第四部分就是俗称的五佛洞，不知为什么这五佛洞保护得格外周密。有巡警室在其口外，游人入内，必有一警士随之而入。其实，这一部分被装修涂改得最厉害，远不及弥勒殿和如来殿天然秀丽。

说是五佛洞，其实却有六个大窟。最东的第一窟，分隔为三进。结构甚类大佛殿。正中有大佛一，高亦有五十余尺，尚完好。后壁低而潮湿，雕像毁败已甚，前窟的许多浮雕都被涂饰得不成形状，但也有尚存原形的。

西为第二窟，结构略同前窟，大佛已毁去。到处都是新修新饰的色彩，唯高处的飞天及立佛尚有北魏的典型。

再西为第三窟，内部较小，结构同如来殿，中为一方形立柱，一方各雕着一佛，四壁皆新修新饰者，原有浮雕皆被彩泥填平，几乎是整个重画过。

再西为第四窟，较大，有两进，外进有四支塔形的支柱，极挺秀，尚未失原形。第二进则完全被涂饰改造过。疑其结构本同弥勒殿，正中的佛龛，原分上下二层，上层为三佛，下层为二坐佛。但今则上下二龛都仅坐着泥塑的二佛。以三佛及二佛的宽敞的地位，安置了一佛，自然要显得大而无当。再西为第五窟，结构同大佛殿。大佛高约五十尺，盘膝而坐，四壁多为新修饰的彩色泥像。

又西为第六窟。此窟内部已全毁，空无所有，故后人修补，亦不及之。仅窟门的内部，浮雕尚完好。西边即为一道泥墙，和寺外相隔绝。但此窟的外壁，小佛龛颇多，有几尊尚完整的佛像，那坐态的秀美，面姿的清俊，是诸窟内所罕见的，惜头部失去的太多。

再往西走，要出大佛寺，绕过五佛洞的外墙，才是中部的第五部分。这一部分的雕像我认为最美好，最崇高；却没有人加以保护，任其曝露于天空，任其夷为民居，任其给农民们作为存放稻草及农具之处所。其尚得保存到现在的样子，实在是侥幸之至。到这几个佛窟去，我们都得叩了农民们的大门进去。有时，主人不在家，便要费了大事。有一次，遇到一个病人，躺在床上起不来，没法开门，只好不进去，直等到第二次去，方才看到。

这一部分的第一大窟亦为一大佛洞，洞中有大佛一，高在六十尺以上，远远的便可望见其肩部及头部，壁上的浮雕也有一部分可见到。洞门却被泥墙所堵塞，没法进去。此窟东边，有二小窟；最东一窟有二坐佛，对坐谈经，却败坏已甚。较近的一窟也被堵塞。隐隐约约的看见其中彩色古艳的许多浮雕，心怦怦动，极力要设法进去一看而不可能。窟外数十丈的高壁上满雕着小佛像，不知其几千几百，功力之伟大，叹观止矣！

向西为第二大窟。这一窟，也在民居的屋后，保存得甚好。正中为一大坐佛，高亦在六十尺左右。两壁有二佛像，一立一坐，此二像的顶上，其“宝盖”却是雕成像戏院包厢似的，三壁的浮雕，也皆完好。

再西也为一大窟（第三窟）。正中一大佛为立像，高约七十尺，体貌庄严之至。袈裟半披在身上；而袈裟上却刻了无数的小佛像，像虽小而姿态却无粗率草陋者。两旁有四立佛。东壁的二立佛间，诸雕像都极隽好。特别是一个被袈裟而手执水瓶的一像，面貌极似阿述利亚人，袈裟上的红色，至今尚新艳无比。这一像似最可注意。

窟门口的西壁上，有刻石一方，题云：“大茹茹……可登□□斯□□□鼓之□尝□□以资征福。谷浑□方妙□。”每行约十字，共约二十余行，今可辨者不到二十字耳，然极重要。大茹茹即蠕蠕国。这在魏的历史上是极重要的一个发现。茹茹国竟到云冈来雕像求福，这可见此地在不久时候，便已成了东亚的一个圣地了。

再西为第四大窟，破坏最甚。一大佛盘膝而坐，暴露在天日中，左右有二大佛龛，尚有一二壁的浮雕还完好。因为此处光线较好，故游人们都在此大佛之下摄影。据说，此像最高，从顶至踵，有七十尺以上。

再西为第五大窟，亦有一大坐佛，高约六十尺，东西壁各有一立佛。西边的一佛已被毁去。

由此再往西走，便都是些小像小龛了；在那些小龛小像里，却不时的可发现极美丽的雕像。各像坐的姿态，最为不同，有盘膝而坐者，有交膝而坐者，有一膝支于他膝上，而一手支颐而坐者，处处都是最好的雕像的陈列所。惜头部被窃者甚多，甚至有连整个小龛都被凿下的。

到了碧霞宫止，中部便告了段落。碧霞宫为嘉庆十年所修，两壁有壁画，是水墨的，画得很生动。

颇疑中部的第五部分的相连续的五个大窟，便是昙曜最初所开辟的五窟。五尊大佛像是昙曜时所雕刻的，其壁上及前后左右的浮雕及侍像，也许是当地官民及外国人所捐助的，也未必是一时所能立即完全雕刻好。每一个大窟，其经营必定是很费工夫的。无力的或力量小些的人民，便在窟外雕个小龛，或开辟一小窟，以求消灾获福。

西部是从碧霞宫以西直到武周山的尽西头处。山势渐渐的向西平衍下去，最西处，恰为武周河的一曲所拥抱着。

这一路向西走，共有二十多个洞窟，规模都不甚大。愈向西走，愈见龛小，且也愈见其零落，正和东部的东首相同。故以中部的第三部分，假设为昙曜最初所选择而开辟的五窟，是很有可能的，那地位恰在正中。

西部的二十余窟，被古董贩子斫去佛头不少。几个较好的佛窟，又都被堵塞住了，而以“内有手榴弹”来吓唬你。那些佛像，有原来的色彩尚完整存在者。坐佛的姿势，隽好者不少。立像的衣襞，有翩翩欲活的。在中段的地方，一连四个洞，俱被堵塞，而标曰“内有手榴弹”。西部从罅中望进去，那顶壁的色彩是那样的古艳可喜！

西邻为一大窟，土人说，内为一石塔。由外望之，顶壁的色彩也极隽美。再西有一佛龛，佛像已为风雨所侵剥，而龛上的悬帏却是细腻轻软若可以手揽取。

再西的各小窟及各龛则大都破败模糊，无足多述。

这样的匆匆地巡览了一遍，已经是过了一整天，连吃午饭的时间都忘记了。

把云冈诸石窟的大势综览了一下，如以中部的第五部分为中心，则今日的大佛寺、五佛洞和东部的大佛图的遗址，都是极宏大的另成段落的一部分。

高到五十尺至七十尺的大佛，或坐或立的，计东部有一尊，中部的大佛寺有一尊、五佛洞现存二尊（或当有三尊，一尊已毁）。连同中部的第五部分五尊，共只有九尊或十尊。《山西通志》所谓十二龛及一说的所谓的二十尊，都是不可靠的。

这一夜终夜的憧憬于被堵塞的那几个大窟的内容。恰好，第二天，赵司令来到了别墅。我们和他商议打开洞门的事。他说："那很容易，吩咐他们打开就是了。"不料和看守的巡长一商量，却有许多的麻烦。非会同大同县的代表，古物保管会的代表及本地的村长村副眼同打开，眼同封上不可。说了许久，巡长方允召集了村长村副去打开洞门，先打东部"石窟寒泉"的一洞。他们取了长梯，只拆去最高的墙头的一段。高高地站在梯头向下望，实在看不清楚。跳又跳不下去，这洞内是一座石塔，塔的背后有佛像。因为忙乱了半天，还只开了一个洞，便只好放弃了打开西部各洞的计划，一半也因为打开了，负责任太大。

13 日的下午，一吃过饭，便到武周山的山顶上去闲逛。从云冈别墅的东首山路走上去，不一会便到了"云冈东冈龙王庙斗母宫"，其中空无人居。过此，走入山顶的大平原。这平原约有数十顷大小，上有和尚的坟塔三座，一为万历时的，一为康熙时的，其一的铭志看不清了。有农人在那里种麦种菜，我们又向西走，进入云冈堡的上堡，堡里连一间破屋也没有，都夷为菜圃麦田，有一人裸了全身在耙地。望见远山上烽火台好几座绵延不断，前后相望。大概都是明代所建的。

再向西走，到了玉皇阁，那也是一个小庙，空无人居。由此庙向下走，下了山头，便是武周河边。"断岸千尺，江流有声"，正足以形容这个地方的景色。

下午 4 时，动身回大同，仍坐的载重汽车。大雨点已经开始落下，但不久便放晴。下了不过十多分钟的雨，不料沿途从山上奔流下来的雨水却成了滔滔的洪流，冲坏了好几处的大道。汽车勉强地冒险而过。

到了一个桥边，山洪都从桥面上冲下去，激水奔腾，气势极盛，成了一道浊流的大瀑布，轰轰隆隆之声，震撼得人心跳。被阻在那里，二十多分钟，这道瀑布方才势缓声低，汽车才得驶过。

有没经过这种情形的，简直想不到所谓“山洪暴发”的情形是如何的可怕。

过了观音堂，汽车本来是在干的河床上走的，这次却要在急水中走着了。

7 月 13 日夜

从丰镇到平地泉

16日，5时起身遇见老同学郑秉璋君，在此地为站长。他昨夜恰轮着夜班，彻夜未睡，然今天9时左右，仍陪着我们，出去游览。丰镇无甚名胜，岐王山的闹鸡台及长城的得胜口因离站太远，未去游。此地连人力车都没有。步行过镇，沿途所见，与大同完全不同。大同是一个很热闹的城市，古代文化的遗迹又多，很可以流连忘返，这里却一点令人可游的地方都没有。目的是走向镇的东北隅的灵岩寺，几乎是穿过全镇。过平康里，为妓女集居之处。文庙已改成民众教育馆，但大殿仍保存，柱下的础石，做虎头状，很别致。又过城隍庙，庙前高柱林立，柱顶多饰以花形，不知做何用。在张家口大境门外的一庙，仅见二柱，初以为系旗杆，这里却多至数十，殆为信心的男女们所许愿树立者欤?

庙前广场上，百货陈列，最触目惊心者为鸦片烟灯枪，及盛烟膏之罐，大批地在发售。几乎无摊无此物，粮食摊子反倒相形见绌。同行者有购烟灯归来做纪念的，但我不愿意见到它，心里有什么在刺痛!

沿途，烟铺甚多，有专售烟膏的，也有附带吃烟室的；茶食铺兼营此业者不少。旅馆之中，更不用说了。我们走进一家小茶食店，他们的门前也挂着竹篾做的笊篱式的东西作为标识，上贴写着“净水清烟”、“君子自重”的红字条。店伙们正在烟榻旁做麻花，一个顾客则躺在榻上扬扬自得的在吞吐烟霞，旁若无人，此人不过三十岁左右。“你们自己也吃烟么?”我问一个店伙道。

“不，不，我们哪里吃得起。”

又走过一家出售烟膏的大店，店前贴着大红纸条，写道“新收乳膏上市”。

“新烟卖多少钱一两呢？”

“大约二毛钱一钱。”店伙道。他取出许多红绿透明洋纸包的烟膏道：“一包是二十枚，够抽一次的。”

我们才知道穷人们吃烟是不能论两计钱的，只有零星地买一包吃一顿的。

过市梢头，渐渐现出荒凉气象。远见山上有一庙独占一峰顶，势甚壮，我们知道即灵岩寺了。

灵岩寺从山麓到山顶凡九十九级，依山筑寺，眺望得很远。庙的下层为牛王庙，供的是马王、牛王。只是泥塑的牛马本形而已。这天恰是忠义社（毡氈业的同业会社）借此开会祭神，正中供一临时牌位是：

供奉毡氈古佛神位

人众来得很热闹。最上一层，有小屋数间，屋门被锁上，写的是“大仙祠”。从张家口以西，几乎无地无此祠。祠中供的总是一老一少的穿着清代袍褂的人物，且讳言狐狸，其信仰在民间是极强固的。

在最高处远望，为山所阻，市集是看不见的，仅见远山起伏，皆若培蝼，不高，也不秀峭。秉璋指道：“前面是薛刚山，传说，薛刚逃难时，尝避追兵于此山。”此山也是四无依傍的土阜。中隔一河，因有曹福祠过河的经验，故不欲往游。

“听说，这一带罂粟花极盛，都在什么地方呢？”我们问道。

“那一片白色的不是么？”

远望一片白花，若白毡毯似的一方方地铺在地上，都是烟田。

这时正是开始收割的时候。

“车站附近也有。”

下午，午睡得很久。5时许，天气很凉快，我们都去看罂粟花及收烟的情形。离站南里余，即到处都是烟田，有粉红色的，有大红色的，有红中带白的，唯以白色者为最多，故远望都成白色。花极美丽，结实累累，形若无花果。

收烟者执一小刀、一小筒，小刀为特制的，在每一实上，割了一道。过了一会，实上便有乳白色的膏液流出。收烟者以手指刮下，抹入筒口，这便是烟膏了。每一果实，可割三四次以上。农人们工作得很忙。

“你们自己吃烟么？”我们又以这个问题问之。

“我们哪里吃得起！”

看他们的脸色，很壮健，确乎不像是吃烟的。其中大部分都是短工，从远地赶着这收烟时节来做工的。

夜里，车开到平地泉。

17日，7时起床。在车站上，知道前几天的大雨，已把卓资山以西的铁路都冲坏了，正在修理，不能去。绥远主席傅作义的专车，也已在此地等候了好几天。冲坏的地方很多。听说，少则五日，久则半月，始可修复。我们觉得在车上老等着是无益的，所以想逛完平地泉便先回家。这封信到了家时，人也许已经跟着到了。

9时，傅作义君来谈，因同人中，有几位是曾经有人介绍给他的。当路局方面打电报托他照料时，他曾经来电欢迎过。他是一个头脑很清楚的军人，以守涿州的一役知名，很想做一点事。其田问他关于烟税的问题，有过很公开的谈话。他说：绥远省的军政费，收支略可相抵，快用不到烟税。烟税所入，年约一百万元，都用在建设及整理金融方面。现在绥远金融已无问题，皆由烟税方面收入的款去整顿。所以烟税的废除，在省府是没有多大问题的。只要中央下令禁止，便可奉命照办。唯中央现在已有了三年禁绝之令，现正设法，从禁吸下手，逐渐肃清。如不禁吸，则此地不种，他省的烟土必乘隙而入，绥晋的金融必大感困难。这话也许有一部分的理由。听说绥远的种烟，也是晋绥经济统制政策之一。绥晋二省吸烟的极多，如不自种自给，结果是很危险的。同时，白面、红丸之毒最甚，不得已而求其次，吃鸦片的还是“两害相权取其轻”的一法。山西某氏有“鸦片救国论”的宣布，大约其立论的根据便在于此。但饮鸩止渴，绝非谋国者的正当手段，剜肉补疮，更是狂人的举动。不必求其代替物，只应谋根本禁绝之道。但这是整个中国的大问题。

2时许，游老鸦嘴（一名老虎山），山势极平衍。青草如毡，履之柔软无声。有方广数丈的岩石，突出一隅，即所谓老鸦嘴也。岩上有一小庙，一乞丐住于中。登峰顶四望，平野如砥，一目无垠，一阵风过，麦浪起伏不定，大似一舟漂泊大海中所见的景象。

平地泉的名称，确是名副其实。塞外风光，至此已见一斑。天上鸦鸽轻飞，微云黏天，凉风徐来，太阳暖而无威，山坡上牛羊数只，恬然地在吃草。一个牧人，骑在无鞍马上，在坡下放马奔跑，驰骤往来，无不如意。马尾和骑士的衣衫，皆向后拂拂吹动，是一幅绝好的平原试马图。我为之神往者久之。山上掘有战壕及炮座，延绵得很长，闻为晋军去年防冯时所掘。

冯玉祥曾在此驻军过，今日平地泉的许多马路，还是冯军遗留下的德政。但街道上苍蝇极多，成群地在人前飞舞。听说，从前此地本来无蝇。冯军来后，马匹过多，蝇也繁殖起来。

路过一打蛋厂，入内参观，规模颇大。有女工数十人，正在破蛋，分离蛋黄、蛋白。蛋黄蒸成粉状，蛋白则制成微黄色的结晶片。仅此一厂，闻每日可打蛋三万个，每年可获利三四万元。车站上正停着装满了制成的蛋的一车，要由天津运到海外去。惜厂中设备，尚未臻完美。如对空气、日光等设备完全，再安上了纱窗纱门，则成效一定可以更好的。

傍晚，在离车站不远的怀远门外散步。“日之夕矣，牛羊下来”，这诗句正描写着此时此地的景象。牛群、羊群过去了，又有一大群的马匹，被赶入城内。太阳刚要西沉，人影长长的被映在地上。天边的云，拥挤在地平线上，由金黄色而紫、而青、而灰，幻变无穷。原野上是无垠的平，晚风是那样的柔和。车辙痕划在草原上，像几条黑影躺在那里。这是西行以来最愉快的一个黄昏。古人所谓“心旷神怡”之境，今已领略到了。拟于夜间归平，我们后天便可见面了。

7月17日

故人故事

访笺杂记

名师导读

作者的关注点一直在明代雕版画上，是什么原因使他注意到了笺纸呢？他在搜寻笺纸的过程中遇到了哪些事情呢？

我搜求明代雕版画已十余年。初仅留意小说戏曲的插图，后更推及于画谱及他书之有插图者。所得未及百种。前年冬，因偶然的机缘，一时获得宋、元及明初刊印的出相佛道经二百余种。于是宋、元以来的版画史，粗可踪迹。间亦以余力，旁骛清代木刻画籍。然不甚重视之。像《万寿盛典图》《避暑山庄图》《泛槎图》《百美新咏》一类的画，虽亦精工，然颇嫌其匠气过重。至于流行的笺纸，则初未加以注意。为的是十年来，久和毛笔绝缘。虽未尝不欣赏《十竹斋笺谱》《萝轩变古笺谱》，却视之无殊于诸画谱。

> **名师点评** 叙述自己搜集雕版画的经历，说明自己并没有注意到笺纸，这是在为下文做铺垫，同时也使文章显得曲折有致。

约在六年前，偶于上海有正书局得诗笺数十幅，颇为之心动；想不到今日的刻工，尚能有那样精丽细腻的成绩。仿佛记得那时所得的笺画，刻的是罗西峰的小幅山水，和若干从《十竹斋画谱》描摹下来的折枝花卉和蔬果。这些笺纸，终于舍不得用，都分赠给友人们，当作案头清供了。

> **名师点评** “舍不得用”突出了作者对精美的笺纸的赞赏之情。这里仍是铺垫。

这也许便是访笺的一个开始。然上海的忙碌生活，压得我透不过气来，哪里会有什么闲情逸趣，来搜集什么。

1931年9月，我到北平教书。琉璃厂的书店，断不了我的足迹。有一天，偶过清秘阁，选购得笺纸若干种，颇高兴，觉得较在上海所得的，刻工、色彩都高明得多了。仍只是作为礼物送人。

名师点评

再次出现作为礼物送人，说明作者这时仍然没有把关注的目光放到笺纸上。

引起我对于诗笺发生更大的兴趣的是鲁迅先生。我们对于木刻画有同嗜。但鲁迅先生所搜求的范围却比我广泛得多了；他尝斥资重印《士敏土》之图数百部——后来这部书竟鼓动了中国现代木刻画的创作的风气。他很早的便在搜访笺纸，而尤注意于北平所刻的。今年春天，我们在上海见到了。他认为北平的笺纸是值得搜访而成为专书的。再过几时，这工作恐怕要不易进行。我答应一到北平，立即便开始工作。预定只印五十部，分赠友人们。

我回平后，便设法进行刷印笺谱的工作。第一着还是先到清秘阁，在那里又购得好些笺样。和他们谈起刷印笺谱之事时，掌柜的却斩钉截铁地回绝了，说是五十部绝对不能开印。他们有种种理由：版片太多，拼合不易，刷印时调色过难；印数少，版刚拼好，调色尚未顺手，便已竣工；损失未免过甚。他们自己每次开印都是五千一万的。

名师点评

答应了的事就立即去做，作者真的是个守诺的人。

“那么印一百部呢？”我道。

他们答道：“且等印的时候再商量吧。”

这场交涉虽是没有什么结果，但看他们口气很松动，我想，印一百部也许不成问题。正要再向别的南纸店进

名师点评

交代因战事搜寻笺纸的工作暂停，增添了文章的曲折。

名师点评

心理描写，对笺纸的赞美之情，溢于言表。

名师点评

对搜寻笺纸的行踪交代得很清楚，说明了搜寻工作的有序。

行，而热河的战事开始了；接着发生喜峰口、冷口、古北口的争夺战。沿长城线上的炮声、炸弹声，震撼得这古城的人们寝食不安，坐立不宁。哪里还有心绪来继续这“可怜无补费精神”的事呢？一搁置便是一年。

9月初，战事告一段落，我又回到上海。和鲁迅先生相见时，带着说不出的凄惋的感情，我们又提到印这笺谱的事。这场可怖可耻的大战，刺激我们有立刻进行这工作的必要。也许将来便不再有机会给我们或他人做这工作！

“便印一百部，总不会没人要的。”鲁迅先生道。

“回去便进行。”我道。

工作便又开始进行。第一步自然是搜访笺样。清秘阁不必再去。由清秘阁向西走，路北第一家是淳菁阁，在那里，很惊奇地发现了许多清隽绝伦的诗笺，特别是陈师曾氏所作的；虽仅寥寥数笔，而笔触却是那样的潇洒不俗。转以十竹斋，萝轩诸笺为烦琐，为做作。像这样的一片园地，前人尚未之涉及呢！我舍不得放弃了一幅。吴待秋、金拱北诸氏所作和姚茫文氏的《唐画壁砖笺》《西域古迹笺》等，也都使我喜欢。流连到三小时以上。天色渐渐的黑暗下来，朦朦胧胧的有些辨色不清。黄豆似的灯火，远远近近的次第放射出光芒来。我不能不走。那么一大包笺纸，狼狈不堪地从琉璃厂抱到南池子，又抱到了家。心里是装载着过分的喜悦与满意。那一个黄昏便消磨在这些诗笺的整理与欣赏上。

过了五六天，又进城到琉璃厂去——自然还是为了访笺。由淳菁阁再往西走，第一家是松华斋；松华斋的对门，在路南的，是松古斋。由松华斋再往西，在路北的，是懿文斋。再西，便是厂西门，没有别的南纸店了。

先进松华斋，在他们的笺样簿里，又见到陈师曾所作的八幅花果笺，说它们“清秀”是不够的、“神采之笔”的话也有些空洞。只是赞赏，无心批判。陈半丁、齐白石二氏所作，其笔触和色调，和师曾有些同流，唯较为繁稠燠暖。他们的大胆的涂抹，颇足以代表中国现代文人画的倾向；自吴昌硕以下，无不是这样的粗枝大叶的不屑屑于形似的。我很满意的得到不少的收获。

带着未消逝的快慰，过街而到松古斋。古旧的门面，老店的规模，却不料售的倒是洋式笺。所谓洋式笺，便是把中国纸染了矾水，可以用钢笔写；而笺上所绘的大都是迎亲、抬轿、舞灯、拉车一类的本地风光；笔法粗劣，且惯喜以浓红大绿涂抹之。其少数，还保存着旧式的图版画。然以柔和的线条、温茜的色调，刷印在又涩又糙的矾水拖过的人造纸面上，却格外的显得不调和。那一片一块的浮出的彩光，大损中国画的秀丽的情绪。

思考探究

作者在这里提到洋式笺纸的用意是什么？

我的高兴的情绪为之冰结，随意问道：“都是这一类的么？”

“印了旧样的销不出去，所以这几年来，都印的是这一类的。”

我不能再说什么，只拣选了比较还保有旧观的三盒诗笺而出。

懿文斋没有什么新式样的画笺，所有的都是光、宣时所流行的李伯霖、刘锡玲、戴伯和、李毓如诸人之作，只是谐俗的应市的通用笺而已。故所画不离吉祥、喜庆之景物，以至通俗的着色花鸟的一类东西。但我仍选购了不少。

名师点评

环境描写，表现了环境的恶劣。

第三次到琉璃厂，已是9月底；那一天狂飙怒号，飞沙蔽天；天色是那样惨澹可怜；顶头的风和尘吹得人连呼吸都透不过来。一阵的风沙，扑脸而来，赶紧闭了眼，已被细尘潜入，眯着眼，急速地睁不开来看见什么。本想退回去。为了像这样闲空的时间不可多得，便只得冒风而进了城。这一次是由清秘阁向东走。偏东路北，是荣宝斋，一家不失先正典型的最大的笺肆，仿古和新笺，他们都刻得不少。我们在那里，见到林琴南的山水笺、齐白石的花果笺、吴待秋的梅花笺，以及齐、王诸人合作的壬申笺、癸酉笺等，刻工较清秘为精。仿成亲王的拱花笺，尤为诸肆所见这一类笺的白眉。

名师点评

毫不在意环境的艰苦，突出了作者对工作的重视和沉迷。

半个下午便完全耗在荣宝斋，外面仍是卷尘撼窗的狂风。但我一点都没有想到将怎样艰苦地冒了顶头风而归去。和他们谈到印竹笺谱的事，他们也有难色，觉得连印一百部都不易动工。但仍是那么游移其词地回答道：“等到要印的时候再商量罢。”

我开始感到刷印笺谱的事，不像预想那么顺利无阻。归来的时候，已是风平尘静。地上薄薄地敷上了一层黄色的细泥，破纸枯枝，随地乱掷，显示着风力的破坏的成绩。从荣宝斋东行，过厂甸的十字路口，便是海王村。过海王村东行，路北，有静文斋，也是很火的一家笺肆。当我一天走进静文的时候，已在午后。太阳光淡淡地射在罩了蓝布套的桌上。我带着怡悦的心情在翻笺样簿。很高兴地发现了齐白石的人物笺四幅。说是仿八大山人的，神情色调都臻上乘。吴待秋、汤定之等二十家合作的梅花笺也富于繁赜的趣味。清道人、姚茫父、王梦白诸人的罗汉笺、古佛笺等，都还不坏，古色斑斓的彝器笺，也静雅足备一格。又是到上灯时候才归去。

静文斋的附近，路南，有荣禄堂，规模似很大，却已衰颓不堪。久已不印笺。亦有笺样簿，却零星散乱，尘土封之，似久已无人顾问及之。循样以求笺，十不得一。即得之，亦都暗败变色。盖搁置架上已不知若干年。纸都用舶来之薄而透明的一种，色彩偏重于浓红深绿；似意在迎合光、宣时代市人们的口味，肆主人须发皆白，年已七十余，唯精神尚矍铄。与谈往事，娓娓可听。但搜求将一小时，所得仅缦卿作的数笺。于暮色苍茫中，和这古肆告别，情怀殊不胜其凄怆。由荣禄更东行，近厂东门，路北，有宝晋斋。此肆诗笺，都为光、宣时代的旧型，佳者殊鲜，仅选得朱良材作的数笺。

出厂东门，折而南，过一尺大街，即入杨梅竹斜街。东行数百步，路北，有成兴斋。此肆有冷香女士作的月令笺，又有清末为慈禧代笔的女画家缪素筠作的花鸟笺；在光、宣时代，似为一当令的笺店。然笺样多缺，月令笺仅存其七。再东行，有彝宝斋，笺样多陈列窗间，并样簿而无之。选得王昭作的花鸟笺十余幅，颇可观，而亦零落不全。

以上数次的所得，都陆续地寄给鲁迅先生，由他负最后选择的责任。寄去的大约有五百数十种，由他选定的是三百三十余幅，就是现在印出的样式。

这部《北平笺谱》所以有现在的样式，全都是鲁迅先生的力量——由他倡始，也由他结束了这事。

说是访笺的经过来，也并不是没有失望与徒劳。我不单在厂甸一带访求。在别的地方，也尝随时随地地留意过，却都不曾给我以满足。好几个大市场里，都没有

名师点评

点出笺纸无人问津的现状，暗示收集笺纸样式工作的紧迫。

名师点评

承上启下，使文章结构严谨。

名师点评

总领下文，接下来是对不顺利的事情的叙述。

什么好的笺样被发现。有一次，曾从东单牌楼走到东四牌楼，经隆福寺街东口而更往北走。推门而入的南纸店不下十家，大多数只售洋纸笔墨和八行素笺。最高明的也只卖少数的拱花笺，却是那么的粗陋浮躁，竟不足以当一顾。

在厂甸，也不是不曾遇见同样狼狈的事。厂甸中段的十字街头，路南，有两家规模不小的南纸店。一名崇文斋，在路东，有笺样簿，多转贩自诸大肆者。一名中和丰，在路西，专售运动器具及纸墨。并诗笺而无之。由崇文东行数十步，路南，有豹文斋，专售故宫博物院出品，亦尝翻刻黄瘿瓢人物笺，然执以较清秘、荣宝所刻，则神情全非矣。

名师点评

说明二者的细微不同，表现作者观察细致，搜集笺纸时精益求精。

但北平地域甚广，搜访所未及者一定还有不少。即在琉璃厂，像伦池斋，因无笺样簿，遂至失之交臂。他们所刻“思古人笺”，版已还之沈氏，故不可得；而其王雪涛花卉笺四幅，刻印俱精，色调亦柔和可爱。惜全书已成，不及加入。又北平诸文士私用之笺纸，每多设计奇诡，绘刻精丽的。唯访求较为不易。补所未备，当俟异日。

选笺已定，第二步便进行交涉刷印；淳菁、松华、松古三家，一说便无问题。荣宝、宝晋、静文诸家，初亦坚执百部不能动工之说，然终亦答应下来。独清秘最为顽强，交涉了好几次，他们不是说百部太少不能用，便是说人工不够，没有工夫印。再说下去，便给你个不理睬。任你说得舌疲唇焦，他们只是给你个不理睬！颇想抽出他们的一部分不印。终于割舍不下溥心畬、江采诸家的二十余幅作品。再三奉托了刘淑度女士和他们商量，方才肯答应印。而色调转繁的十余幅蔬果笺，却仍因无人担任刷印而被剔出。蔬果笺刻印不精，去之亦未足惜。荣禄堂的笺纸，原只想印缦卿作的四幅。他们说，年代已久，不知版片还在否，找得出来便可开印，只怕残缺不全。但后来究竟算是找全了。

最后到彝宝斋。一位仿佛湖南口音的掌柜的，一开口便说："不能印。现在已经没有印刷这种信笺的工人了！我们自己要几千几万份的印，尚且不能，何况一百张！"我见他说得可笑，便取出些他家的定印单给他看，说道："那么别家为什么肯印呢？"他无辞可对，只得说老实话："成兴斋和我们足联号，您老到他们那里去看看吧。这些花鸟笺的版片他们那里也有。"我立刻明白那是怎么一回事，到成兴斋一打听，果然那版片已归他们所有。

看够了冰冷冷的拒人千里的面孔，玩够了未曾习惯的讨价还价、斤两计较的伎俩，说尽了从来不曾说过的无数恳托敷衍的话——有时还未免带些言不由衷的浮夸——一切都只为了这部《北平笺谱》！可算是全部工作里最麻烦，最无味的一个阶段。但不能不感激他们：没有他们的好意合作，《北平笺谱》是不会告成的。

为了访问画家和刻工的姓氏，也费了很大的工夫。有少数的画家，其姓氏是我所不知道的——我对于近代的画坛是那样的生疏！访之笺肆，亦多不知者。求之润单，间亦无之。打听了好久，有的还是见到了他的画幅，看到他的图章，方才知道。只有缦卿的一位，他的姓氏到现在还是一个谜。荣禄堂的伙计说："老板也许知道。"问之老主人则摇摇头，说："年代太久了，我已记不起来。"

刻工实为制笺的重要分子，其重要也许不下于画家。因彩色诗笺，不仅要精刻而且要就色彩的不同而分刻为若干版片；笺画之有无精神，全靠分版的能否得当。画家可以恣意地使用着颜料，刻工则必须仔细地把那么复杂的颜色，分析为四五个乃至一二十个单色版片。所以，刻工之好坏，是主宰着制笺的命运的。在《北平笺谱》里，实在不能不把画家和刻工并列着。但为了访问刻工姓名，也颇遭逢白眼。他们都觉得这是可怪的事，至多只是敷衍地回答着。有的是经了再三的追问，四处的访求，方才能够确知的。有的因为年代已久，实在无法知道。目录里所注的刻工姓名，实在是不止三易稿而后定的。宋版书多附刊刻工姓名，明代中叶以后，刻图之工，尤自珍其所作，往往自署其名，若何钤、汪士珩、魏少峰、刘素明、黄应瑞、刘应祖、洪国良、项南洲、黄子立，其尤著者。然其后则刻工渐被视为贱技；亦鲜有自标姓氏者。当此木板雕刻业像晨星似的摇摇将坠之时，而复有此一番表彰，殆亦雕版史末页上重要的文献。

名师点评

交代目录中标注刻工姓名的历史，以及刻工地位的变化，表现了作者对刻工工作的重视。

淳菁阁的刻工，姓张，但不知其名。他们说，此人已死，人皆称之为张老西，住厂西门。其技能为一时之最。我根据了张老西的这个诨名，到处的打听着。后来还是托荣宝斋查考到，知道他的真名是启和。松华斋的刻工，据说是专门为他们刻笺的，也姓张。经了好几次的追问，才知道其名为东山。静文斋的刻工，初仅知其名为板儿杨；再三地恳托着去查问，才知道其名为华庭。清秘阁的刻工，也经了数次的访问后，方知其亦为张东山。因此，我颇疑刻工与制笺业的关系，也许不完全是处在雇工的地位；他们也许是自立门户，有求始应，像画家那个样子的。然未细访，不能详。

名师点评

交代寻找刻工姓名的经过，突出了不易。

荣宝斋的刻工名李振怀，懿文斋的刻工名李仲武，松古斋的刻工名杨朝正，成兴斋的刻工名扬文、萧挂，出都颇费恳托，方能访知。至于荣禄、它晋二家，则因刻者年代已久，他们已实在记不清了，姑缺之。刻工中，以张、李、杨三姓为多，颇疑其有系属的关系，像明末之安徽黄氏、鲍氏。这种以一个家庭为中心的手工业是至今也还存在的。

刷印之工，亦为制笺的重要的一个步骤。因不仅拆版不易，即拼版、调色，亦熬费工夫。惜印工太多，不能一一记其姓名。

对此数册之笺谱，不禁也略略有些悲喜和沧桑之感。自慰幸不辜负搜访的勤劳，故记之如右。

1933 年 11 月 15 日

阅读鉴赏

作者叙述寻访笺纸的过程时，采用了空间顺序。“由淳菁阁再往西走，第一家是松华斋；松华斋的对门，在路南的，是松古斋。由松华斋再往西，在路北的，是懿文斋。再西，便是厂西门”，首先对自己的足迹有一个总体叙述，然后按照次序具体叙述发生的事情，这样就使寻访笺纸的过程显得井然有序。

知识拓展

笺纸

笺的本意，是狭而小的竹片。在纸张出现之前，人们以竹简作为书写载体，遇到需要标识的地方，就用这种小竹笺系在简策上；以后被借指一种精美的小幅纸张，供文人墨客写信或题诗之用，俗称信笺、诗笺。由于笺纸多印制精美，又有花笺、彩笺、锦笺之美誉。

考题链接

1. 作者可以寻访笺纸是在________________的指引下做的，最后制成了《________________》。

2. 作者的这篇文章是按照______顺序记叙的，访笺的过程是______顺序。

我的邻居们

我刚刚从汶林路的一个朋友家里，迁居到现在住的地方时，觉得很高兴；因为有了两个房间，一做卧室，一做书室，显得宽敞得多了；二则，我的一部分的书籍，已经先行运到这里，可读可看的东西，顿时多了几十倍，有如贫儿暴富；不像在汶林路那里，全部的书，只有两只藤做的书架，而且还放不满。这个地方是上海最清静的住宅区。四周围都是蔬圃，时时可见农人们翻土、下肥、播种；种的是麦子、珍珠米、麻、棉、菠菜、卷心菜以及花生等。有许多树林，垂柳尤多，春天的时候，柳絮在满天飞舞，在地上打滚，越滚越大。一下雨，处处都是蛙鸣。早上一起身，窗外的鸟声仿佛在喧闹。推开了窗，满眼的绿色。一大片的窗是朝南的，一大片的窗是朝东的，太阳光很早的便可以晒到，冬天不生火也不大嫌冷。我的书桌，放在南窗下面，总有整整的半天，是晒在太阳光下的。有时，看书看得久了，眼睛有点发花发黑。读倦了的时候，出去走走，总在田地上走，异常的冷僻，不怕遇见什么熟人。我很满足，很高兴地住着。

正门正对着一家巨厦的后门。那时，那所巨厦还空无人居，不知是谁的。四面的墙，特别的高，墙上装着铁丝网，且还通了电。究竟是谁住在那里呢？我常常在纳罕着，但也懒得去问人。

有一天早上，房东同我说：“到前面房子里去看看好么？”

我和他们，还有几个孩子，一同进了那家的后门。管门人和我的房东有点认识，所以听任我们进去。一所英国的乡村别墅式的房子，外墙都用粗石砌成，但现在已被改造得不成样子。花园很大，也是英国式的，但也已部分的被改造成日本式的。花草不少，还有一个小池塘，无水，颇显得小巧玲珑，但在小假山上却安置了好些廉价的瓷鹅之类的东西，一望即知其为“暴发户”之作风。

盆栽的紫藤，生气旺盛，最为我所喜，但可知也是日本式的东西。

正宅里布置得很富丽堂皇，但总觉得“新”，有一股无形的“触目”与触鼻的油漆气味。

“这到底是谁的住宅呢？”我忍不住问道，孩子们正在草地上玩，不肯走。

房东道：“我以为你已经知道了。这是周佛海的新居，去年向英国人买下的，装修的费用，倒比买房的钱花得还多。”

过了几个月，周佛海搬进宅了，整夜的灯火辉煌，笙歌达旦，我被吵闹得不能安睡。我向来喜欢早睡，但每到晚上九十点钟，必定有胡琴声和学习京戏的怪腔送到我房里来。恨得我牙痒痒的，但实在无奈此恶邻何！

更可恨的是，他们搬进了，便要调查四邻的人口和职业；我们也被调查了一顿。

我的书房的南窗，正对着他们的厨房，整天整夜地在做菜烧汤，烟囱里的煤烟，常常飞扑到我书桌上来。拂了又拂，终是烟灰不绝，弄得我不敢开窗。我现在不能不懊悔择邻的不谨慎了。

“一二・八”太平洋战争起来后，我的环境更坏了。四周围的英美人住宅都空了起来，他们全都进了集中营。隔了几时，许多日本人又搬了进来。他们男人大都是穿军装的，还有保甲的组织，防空的练习，吵闹得附近人家，个个不安。

在防空的时候，他们干涉邻居异常的凶狠，时时有被打的。有时，我晚上回家，曾被他们用电筒光狠狠地照射着过。

有一天，厨房的灯光忘了关，也被他们狠狠地敲门打窗地骂了一顿过。

一个早晨，太阳光很好，出去走走，恰遇他们在练习空防。路被阻塞不通，只好再回过来。

说到通路，那又是一个厄运。本来有一条通路，可以直达大道，到电车站很近便。自从周佛海搬来后，便常常被阻塞。日本人搬来后，索性用铁丝网堵死了。我上电车站，总要绕了一个大圈，多花上十分钟的走路工夫。

胜利以后，铁丝网不知被谁拆去了。我以为从此可以走大道了，不料又有什么军队驻扎在小路上看守着，不许人走过。交涉了几回也没用，只好仍旧吃亏，改绕大圈子走。

和敌伪的人物无心地做了邻居，想不到也会有那么多的痛苦和麻烦。

最后一课

名师导读

我们都读过都德的《最后一课》，为其中的洋溢的爱国主义所感动，郑振铎先生也写了一篇《最后一课》，它们有什么不同呢？

口头上慷慨激昂的人，未见得便是杀身成仁的志士。无数的勇士，前仆后继地倒下去，默默无言。

名师点评

总括下文的叙述内容，给人以警醒。

好几个汉奸，都曾经做过抗日会的主席，首先变节的一个国文教师，却是好使酒骂座，惯出什么“富贵不能淫，威武不能屈”一类题目的东西；说是要在枪林弹雨里上课，绝对的“宁为玉碎，不为瓦全”的一个校长，却是第一个屈膝于敌伪的教育界之蟊贼。

名师点评

表现了作者对其的讽刺和嘲笑。同时，呼应首段。

然而默默无言的人们，却坚定地做着最后的打算，抛下了一切，千山万水地，千辛万苦地开始长征，绝不做什么“为国家保存财产、文献”一类的借口的话。

上海国军撤退后，头一批出来做汉奸的都是些无赖之徒，或憨不畏死的东西。其后，却有“我不入地狱谁入地狱”的维持地方的人物出来了。再其后，却有以“救民”为幌子，而喊着“同文同种”的合作者出来。到了珍珠港的袭击以后，自有一批最傻的傻子们相信着日本政策的改变，在做着“东亚人的东亚”的白日梦，吃尽了“独苦”，反以为“同甘”，被人家拖着“共死”，却糊涂到要挣扎着“同生”。其实，这一类的东西也不太多。自命为聪明的人物，是一贯地利用时机，做着升官发财的计划，其或早或迟的蜕变，乃是作恶的勇气够不够，或替自己打算得周到不周到的问题。

名师点评

议论，点出了汉奸的本质，表达了作者的蔑视之情。

默默无言的坚定的人们，所想到的只是如何“抗敌救国”的问题，压根儿不曾梦想到“环境”的如何变更，或敌人对华政策的如何变动、改革。

所以他们也有一贯的计划，在最艰苦的情形之下奋斗着，绝对不做“苟全”之梦；该牺牲的时机一到，便毫不踌躇地踏上应走的大道，义无反顾。

12月8号是一块试金石。

名师点评

说明事件发生的时间和意义，突出了这一事件的重大作用。

这一天的清晨，天色还不曾大亮，我在睡梦里被电话的铃声惊醒。

“听到了炮声和机关枪声没有？”C在电话里说。

“没有听见。发生了什么事？”

“听说日本人占领租界，把英国兵缴了械，黄浦江上的一只英国炮舰被轰沉，一只美国炮舰投降了。”

接连的又来了几个电话，有的是报馆里的朋友打来的。事实渐渐的明白。

英国军舰被轰沉，官兵们凫水上岸，却遇到了岸上的机关枪的扫射，纷纷的死在水里。

日本兵依照着预定的计划，开始从虹口或郊外开进租界。

被认为孤岛的最后一块弹丸地，终于也沦陷于敌手。

名师点评

“弹丸地”突出了孤岛所占地方的狭小，“终于”表现了作者的惋惜之情。

我匆匆地跑到了康脑脱路的暨大。

校长和许多重要的负责者们都已经到了，立刻举行了一次会议。简短而悲壮的，立刻议决了：

“看到一个日本兵或一面日本旗经过校门时，立刻停课，将这大学关闭结束。”

太阳光很红亮的晒着，街上依然的熙来攘往，没有一点异样。

我们依旧的摇铃上课。我授课的地方，在楼下临街的一个课室。站在讲台上，可以望得见街。学生们不到的人很少。“今天的事。”我说道，“你们都已经知道了吧。”学生们都点点头。“我们已经议决，一看到一个日本兵或一面日本旗经过校门，立刻便停课，并且立即的将学校关闭结束。”

学生们的脸上都显现着坚毅的神色，坐得挺直的，但没有一句话。

“但是我这一门功课还要照常地讲下去，一分一秒也不停顿，直到看见了一个日本兵或一面日本旗为止。”

我不荒废一秒钟的工夫，开始照常地讲下去。学生们照常笔记着，默默无声的。

这一课似乎讲得格外的亲切、格外的清朗，语音里自己觉得有点异样，似带着坚毅的决心、最后的沉着；像殉难者的最后的晚餐，像冲锋前的士兵们上了刺刀，“引满待发”。

然而镇定、安详，没有一丝的紧张的神色。该来的事变，一定会来的。一切都已准备好。

谁都明白这“最后一课”的意义。我愿意讲得愈多愈好，学生们愿意笔记得愈多愈好。

讲下去，讲下去，讲下去。恨不得把所有的应该讲

名师点评

具体描写上课的情景，教师专心讲课，学生凝神听讲，一个庄严肃穆的场景展现在读者面前。

授的东西，统统在这一课里讲完了它，学生们也沙沙地不停地在抄记着。心无旁用，笔不停挥。

别的十几个课室里也都是这样的情形。

对于要“辞别”的，要“离开”的东西，觉得格外的恋恋。黑板显得格外的光亮，粉笔是分外的白而柔软适用，小小的课桌觉得十分的可爱，学生们靠在课椅的扶手上，抚摩着，也觉得十分的难分难舍。那晨夕与共的椅子，曾经在扶手上面用钢笔、铅笔，或铅笔刀，有意识或无意识地涂写着，刻划着许多字或句的，如何舍得一旦离别了呢！

街上依然的平滑光鲜，小贩们不时地走过，太阳光很有精神地晒着。

我的表在衣袋里低低的嗒嗒的走着，那声音仿佛听得见。

名师点评

说明时间很紧张！大家都希望时间可以停留在这刻，但是无奈时间还是继续向前进，日本还是会进军学校，大家的心变得无比沉重！

没有伤感，没有悲哀，只有坚定的决心，沉毅异常地在等待着——等待着最后一刻的到来。远远的有沉重的车轮辗地的声音可听到。

几分钟后，有几辆满载着日本兵的军用车，经过校门口，向东向西，徐徐的走过，当头一面旭日旗——血红的一个圆圈，在迎风飘荡着。

时间是上午 10 时 30 分。

我一眼看见了这些车子走过去，立刻挺直了身体，做着立正的姿势，沉毅地合上了书本，以坚决的口气宣布道：

“现在下课！”

学生们一致地立了起来，默默的不说一句话，有几个女生似在低低地啜泣着。

没有一个学生有什么要问的，没有迟疑，没有踌躇，没有彷徨，没有顾虑。个个人都已决定了应该怎么办，应该向哪一个方面走去。

赤热的心，像钢铁铸成似的坚固，像走着鹅步的仪仗队似的一致。

从来没有那么无纷纭地一致地坚决过，从校长到工役。

这样的，光荣的国立暨南大学在上海暂时结束了它的生命。默默地在忙着迁校的工作。

那些喧哗的慷慨激昂的东西们，却在忙碌地打算着怎样维持他们的学校，借口于学生们的学业、校产的保全与教职员们的生活问题。

名师点评

呼应开头，表达了作者的讽刺之情。

阅读鉴赏

当见到日军进校宣布下课时，学生们的表现“默默的不说一句话”特别是几个女生“啜泣”，她们并非胆小害怕，“默默的不说一句话”“啜泣”是充满了对侵略者的仇恨，对母校的不舍，对祖国家乡的热爱，这些反而更加体现了学生们赤诚的爱国之心。从后文“没有迟疑”“没有踌躇”“没有彷徨”“没有顾虑”“个个都已决定了应该怎么办，应该向哪一个方面走去”“赤热的心，像钢铁铸成似的坚固，像走着鹅步的仪仗队似的一致”可以看出。

知识拓展

租界

一国在通商口岸划定界限，租给外国人民居住、通商的区域。租借国通常以缔结条约的方式，取得租借期间对租界的统治权，但出租国仍保有最后的主权，可以在条约规定的期限届满后，将之收回。

考题链接

1. 对这篇文章的赏析，不恰当的两项是（　　）

A. 文中“像走着鹅步的仪仗队似的一致”，表明了师生沉着、郑重、临危不惧的气度。

B. 文章以时间的推移为顺序，全文具有很强的纪实特点。

C. 全文以叙为主，兼有抒、议，没有描写的语言。

D. 文章语言平实，感情深沉，详略得当。

E. 这篇文章和都德的《最后一课》一样都属于小说，但其结局出人意料，耐人寻味，引起人们对小说主题的思考，抒发了对祖国的热爱之情。

2. 作者在文中准确记录日军出现的时间——“上午 10 时 30 分”，作者把这句话独立成段的原因是什么？为什么这个时间是可信的，请结合文中的一处伏笔说明。

烧书记

我们的历史上，有了好几次的大规模的"烧书"之举。秦始皇帝统一六国后，便来了一次烧书。"史官非《秦纪》，皆烧之。非博士官所职，天下敢有藏'诗''书'百家语者，悉诣守尉杂烧之。有敢偶语'诗''书'者弃市。以古非今者族。吏见知不举者与同罪。令下三十日，不烧，黥为城旦。所不去者，医药卜筮种树之书，若欲有学法令，以吏为师。"这是最彻底的烧书，最彻底的愚民之计，和一般殖民地政府，不设立大学而只开设些职业、工艺学校者，有异曲同工之妙。此后，烧书的事，无代无之。有的烧历史文献，以泯篡夺之迹；有的烧佛教、道教的书，以谋宗教上的统一；有的烧淫秽的书，以维持道德的纯洁。近三百年，则有清代诸帝的大举烧书。我们读了好几本的所谓"全毁"、"抽毁"书目，不禁凛然生畏；至今尚觉得在异族铁蹄下的文化生活的如何窒塞难堪！

"八·一三"后，古书、新书之被毁于兵火之劫者多矣。就我个人而论，我寄藏于虹口开明书店里的一百多箱古书，就在8月14日那一天被烧，烧得片纸不存。我看见东边的天空，有紫黑色的烟云在突突地向上升，升得很高很高，然后随风而四散，随风而淡薄，被烧的东西的焦渣，到处的飘坠。其中就有许多有字迹的焦纸片。我曾经在天井里拾到好几张，一触手便粉碎；但还可以辨识得出些字迹，大约是教科书之类居多。我想，我的书能否捡得到一二张烧焦了的呢？——那时，我已经知道开明书店被烧的情形——当然，这想头是很可笑的。就捡得到了又有什么意义，还不是徒增忉怛与愤激么？

这是兵火之劫，未被劫的还安全地被保存着，所遭劫的还只是些不幸的一二隅之地。但到了"一二·八"敌兵占领了旧租界后，那情形却大是不同了。

我们听到要按家搜查的消息，听到为了一二本书报而逮捕人的消息，还听到无数的可怖的怪事、奇事、惨事。

许多人心里都很着急起来，特别是有“书”的人家。他们怕因“书”惹祸，却又舍不得割爱，又不敢卖出去——卖出去也没有人敢要。有好几个友人，天天对书发愁。

“这部书会有问题么？”

“这个杂志留下来不要紧么？”

“到底是什么该留的，什么不该留的？”

“被搜到了，有什么麻烦没有？”

个个人在互相的询问着，打听着。但有谁能够说明哪几部书是有问题的，或那些东西是可留的呢？

我那时正忙于烧毁往来有关的信件、有关的记载和许多报纸、杂志及抗日的书籍——连地图也在内。

我硬了心肠在烧。自己在壁炉里生了火，一包包，一本本，撕碎了，扔进去，眼看它们烧成了灰，一蓬蓬的黑烟从烟道里冒出来，烧焦了的纸片，飞扬到四邻，连天井里也有了不少。

心头像什么梗塞着，说不出的难过。但为了特殊的原因，我不能不如此小心。

连秋白送给我的签了名的几部俄文书，我也不能不把它们送进壁炉里去。

我觉得自己实在太残忍了！我眼圈红了不止一次，有泪水在落。是被烟熏的吧？

实在舍不得烧的许多书，却也不能不烧。踌躇又踌躇，选择又选择，有的头一天留下了，到了第二三天又狠了心把它们烧了。有的，已经烧了，心里却还在惋惜着，觉得很懊悔，不该把它们烧去。

但有了第一次淞沪战争时虹口、闸北一带的经验——有《征倭论》一类的书而被杀，被捉的人不少——自然不能不小心。对于发了狂的兽类，有什么理可讲呢！

整整的烧了三天。我翻箱倒箧地搜查着，捧了出来，动员孩子们在撕在烧。

“爸爸，这本书很好玩，留下来给我吧。”孩子们在恳求着。

我难过极了！我也何尝不想留下来呢？但只好摇摇头，说道：“烧了吧，下回去买好一点的书给你。”

在这时候，就有好些住在附近的朋友们在问，什么书该烧，什么书不必烧。

我没法回答他们，领他们到壁炉边去。

“你自己看吧！我在烧着呢，但我的情形不同，你自己斟酌着办吧。”

这一场烧书的大劫，想起来还有余栗与余憾。

不烧，不是至今还无恙么？

但谁能料得到呢？

把它们设法寄藏到别的地方去吧。

但为什么要“移祸”呢？这是我所绝对不肯做的事。

这是我不能不狠心动手烧的一个原因。

但也实在有些人把自认为“不安全”的书寄藏到别人家里去的。

这还是出于自动的烧，究竟自动烧书的人还不多，大量的“违碍”的书报还储藏在许多人家里。有许多人不肯烧，不想烧，也有人不知道烧，甚至有人压根儿没有想到这件事。

过了不久，敌人的文化统制的手腕加强了。他们通过了保甲组织，挨户按家地通知，说：凡有关抗日的书籍、杂志、日报等，必须在某天以前，自动烧毁或呈缴出来。否则严惩不贷。

同时，在各书店，各图书馆，搜查抗日书报，一车车地载运而去，不知运向何方，也不知它们的运命如何。

这一次烧书的规模大极了！差不多没有一家不在忙着烧书的。他们不耐烦呈缴出去，只有出于烧之一途。最近若干年来的报纸、杂志遭劫最甚，有许多人索性把报纸、杂志全都烧毁了，免得惹起什么麻烦。

外间谣传说，连包东西的报纸，上面有了什么抗日的记载，也要追究、捕捉的。

因之，旧报纸连包东西的资格也被取消了。

最可怜的是，有的朋友已经到了内地去，他们的书籍还藏在家里，或寄存在某友处。家里的人到处打听，问要紧不要紧，甚至去问保甲处的人。他们当然说要紧的，甚至还加上些恫吓的话。

于是，不分青红皂白的，他们把什么书全都付之一炬；只要是有字的，无不投到了火炉里去。

记得清初三令五申地搜求“禁书”的时候，有些藏书家的后人，为了省得惹祸，也是将全部古书整批地烧了去。

这个书劫，实在比兵、比火、比水等大劫更大得多，更普遍而深入得多了！

这样纷扰了近一个多月，始终不曾见敌伪方面有什么正式的文告。又有人说，这是出于误会，日本人方面并没有这个意思。

于是烧书的火渐渐地又灭了、冷了，终至不再有人提起这件事。

不烧的人，忘了烧的人，特地要小心保存这类抗日文献的人，当然也有。

许多抗日文献还保存得不少，像《文汇年刊》之类，我家里便还保存着，忘记了烧。

书如何能烧得尽呢？“野火烧不尽，春风吹又生。”以烧书为统制的手法，徒见其心劳日拙而已。

但愿这种书劫，以后不再有！

售书记

嗟食何如售故书，疗饥分得蠹虫余。
丹黄一付绛云火，题跋空传士礼居。
展向晴窗胸次了，抛残午枕梦回初。
莫言自有屠龙技，剩作天涯稗贩徒。

以上是一个旧友的《售书诗》，这个旧友和我常在古书店里见到。从前，大家都买书，不免带点争夺的情形，彼此有些猜忌。劫中，我卖书，他也卖书，见了面，大家未免常常叹气，谈着从来不会上口的柴米油盐的问题。他先卖石印书，自印的书，然后卖明清刊本的书。后来，便不常在古书店见到他了。大约书已卖得差不多，不是改行做别的事，便是守在家里不出门。关于他，有种种的传说。我心里很难过，实在不愿意在这里再提起，这是一位在这个大时代里最可惜、残酷的牺牲者。但写下他抄给我的这首诗时，我不能不黯然！

说到售书，我的心境顿时要阴晦起来。准想得到，从前高高兴兴，一部部，一本本，收集起来，每一部书，每一本书，都有它的被得到的经过和历史；这一本书是从哪一家书店里得到的，那一部书是如何地见到了，一时踌躇未取，失去了，不料无意中又获得之；那一书又是如何的先得到一二本，后来，好容易方才从某书店的残书堆里找到几本，恰好配全，配全的时候，心里是如何的喜悦；也有永远配不全的，但就是那残帙也很可珍贵，古宫的断垣残刻，不是也足以令人流连忘返么？那一本书虽是薄帙，却是孤本单行，极不易得；那一部书虽是同光间刊本，却很不多见；那一本书虽已收入某丛书中，这本却是单刻本，与丛书本异同甚多；那一部书见于禁书目录，虽为陋书，亦自可贵。至于明刊精本，黑口古装者，万历竹纸，传世绝罕者，与明清史料关系极巨者，稿本手迹，从无印本者，等等。则更是见之心暖，读之色舞。虽绝不巧取豪夺，却自有其争斗与购取之阅历。差不多每一本，每一部书于得之之时都有不同的心境、不同的作用。为什么舍彼取此，为什么前弃今取，在自己个人的经验上，也各自有其理由。譬如，二十年前，在中国书店见到一部明刊蓝印本《清明集》和一部道光刊本《小四梦》，价各百金，我那时候倾囊只有此数，那么，还是购《小四梦》吧。因为我弄中国戏曲史，《小四梦》是必收之书。然而在版本上，或在藏书家的眼光看来，那《清明集》——一部极罕见的古法律书，却是如何的珍奇啊！从前，我不大收清代的文集，但后来觉得有用，便又开始大量收购了。从前，对于词集有偏嗜，有见必收。后来，兴趣淡了些，便于无意中失收了不少好词集。凡此种种，皆寄托着个人的感情。如鱼饮水，冷暖自知。谁想得到，凡此种种，费尽心力以得之者，竟会出以易米么？谁更会想得到，从前一本本、一部部书零星收得，好容易集成一类，堆做数架者，竟会一捆捆、一箱箱的拿出去卖的么？我从来不肯好好地把自己的藏书编目，但在出卖的时候，买书的先要看目录，便不能不咬紧牙关，硬了头皮去编。编目的时候，觉得部部书、本本书都是可爱的，都是舍不得去的，都是对我有用的，然而又不能不割售。摩挲着，仔细地翻看着，有时又摘抄了要用的几节几段，终于舍不得，不愿意把它上目录。但经过了一会，究竟非卖钱不可，便又狠了狠心，把它写上。在劫中，像这样的“编目”，不止三两次了。特别在最近的两年中，光景更见困难了，差不多天天都在打“书”的主意，天天在忙于编目。假如天还不亮的话，我的出售书目又要从事编写了。总是先去其易得者，例如《四部丛刊》、百衲本《廿四史》之类，《四部丛刊》，连二三编，我在前年只卖了伪币四万元；百衲本《廿四史》，只卖了伪币一万元。谁想得到，在今年今日，要想再得到一部，便非花了整年的薪水还不够么？只好从此不做再收藏这一类大部书的念头了。最伤心的是，一部石印本《学海类编》，我不时要翻查，好几次书友们见到了，总要怂恿我出卖，我实在舍不得。但最后，却也不得不卖了。卖得的钱，还不够半个月花，然而如今再求得一部，却也已非易了。其后，卖了一大批明本书，再后来，又卖了八百多种清代文集，最后，又卖了好几百种清代总集文集及其他杂书。大凡可卖的，几乎都已卖尽了！所万万舍不得割弃的是若干目录书、词曲书、小说书和版画书。最后一批，拟目要去的便是一批版画书。天幸胜利来得恰如其时，方才保全了这一批万万舍不得去的东西。否则，再拖长了一年半载，恐怕连什么也都要售光了。但我虽然舍不得与书相别，而每当困难的时光，总要打它的主意，实在觉得有点对不起它！如果把积“书”当作了囤货——有些暴发户实在有如此的想头，而且也实在如此地做，听说，有一个人，所囤积的《四部丛刊》便有廿余部——那么，售去倒也没有什么伤心。不幸，我的书都是“有所谓”而收集起来的，这样的一大批一大批的“去”，怎么能不痛心呢？售去的不仅是“书”，同时也是我的“感情”，我的“研究工作”，我的“心的温暖”！当时所以硬了心肠要割舍它，实在是因为“别无长物”可去。不去它，便非饿死不可。在饿死与去书之间选择一种，当然只好去书。我也有我的打算，每售去一批书，总以为可以维持个半年或一年。但物价的飞涨，每每把我的计划全部推翻了。所以只好不断地在编目，在出售；不断地在伤心，有了眼泪，只好往肚里倒流下去。忍着，耐着，叹着气，不想写，然而又不能不一部部地编写下去。那时候，实在恨自己，为什么从前不藏点别的，随便什么都可以，偏要藏什么劳什子的书呢？曾想告诉世人说，凡是穷人，凡是生活不安定的人，没有恒产、资产的人，要想储蓄什么，随便什么都可以，只千万不要藏书。书是积藏来用，来读的，不是来卖的。卖书时的惨楚的心情实在受得够了！到了今天，我心上的创伤还没有愈好；凡是要用一部书，自己已经售了去的，想到书店里去再买一部，一问价，只好叹口气，现在的书已经不是我辈所能购置的了。这又是用手去剥疮疤的一个刺激。索性狠了心，不进书店，也决心不再去买什么书了。书兴阑珊，于今为最。但书生积习，扫荡不易，也许不久还会发什么收书的雅兴吧。

但究竟不能不感谢“书”，它竟使我能够度过这几年难度的关头。假如没有“书”，我简直只有饿死的一条路走！

从"轧"米到"踏"米

江南人的食粮以稻米为主。"八·一三"后，米粮的问题，一天天的严重起来。其初，海运还通，西贡米、暹罗米还不断地运来。所以，江南的米粮虽大部分已为敌军所控制、所征用，而人民们多半改食洋米，也还勉强可以敷衍下去。其时米价大约二十元左右一担，但平民们已有亟亟不可终日之势。"工部局"开始发售平价米，平民们天一亮便等候在米店的门口，排了队，在"轧"米。除了排队上火车之外，这"轧"米的行列，可以说是最"长"，最齐整的了。穿制服的人，"轧"米有优先权。他们可以后到而先购，无需排队。平民们都有些侧目而视，敢怒而不敢言。

有些维持"秩序"的人，拿粉笔在每个排队的人的衣服上写上了号码。其初是男女混杂的，后来，分成了男女两队。每一家米店门前，每一队的号码有编到一千几百号的。有的小贩子，"轧"到了米，再去转卖。一天可以"轧"到好几次米，便集起来到里弄里去叫卖。以此为生的人很不少。

后来，主持平卖的人觉得这方法不好，流弊太多，小贩子可以得到米，而正当的籴米的人却反而挤不上去，便变更了方法，不写号码，而将每一个购过米的人的手指上，染了一种不易褪色的紫墨水。这一天，已染了紫色的人便不得再购第二次米。

但这方法也行了不久。"工部局"所储的米，根本不能维持得很久。洋米的来源也渐渐的困难起来，米价飞跃到八十余元一担。

"轧"米的队伍更长了，常常的排到了一两条街。有的实在支持不住了，便坐在地上。有的带了干粮来吃。小贩们也常在旁边叫卖着大饼、油条一类的充饥物。开头，"轧"米的人，以贫苦者为多，以后，渐有衣衫齐整的人加入。他们的表情，焦急、不耐、忍辱、等候、麻木，激动，无所不有，但都充分的表示着无可奈何的忍受。因为太挤了，有的被挤得气都喘不过来。为了要“活”，什么痛苦都得忍受下去。有执鞭子或竹棒的人在旁，稍一不慎，或硬“轧”进队伍去，便被打了出去；有的，在说明理由；有的，只好忍气吞声而去。强有力的人，有时中途插了进去，后边的人便大嚷起来，制止着，秩序顿时乱了起来。为了一升米，或两升米，为了一天的粮食，他们不能不忍受了一切从未经过的“忍耐”、“等候”与“侮辱”。

米价更涨了。一升米的平售价值，也一天天的不同起来。然而较之黑市价格还是便宜得多，所以“轧”米的行列，更加多，更加长。

有办法的人会向米店里一担两担地买，然已不能明目张胆地运送着了。在黑夜里，从米店的后门，运出了不少的米。但也有纠纷，时有被群众阻止住了，不许运出。

最大的问题是“食”，是米粮。无办法的人求能一天天的“轧”得一升半升的米，已为满足；有办法的人储藏了十担百担的米，便可安坐无忧。平民们食着百元一担，或十元一升的米时，有办法的人所食的还是八元十元一担的米。

有许多“轧”米的悲惨的故事在流传着。因为“轧”不到米，全家挨饿了几天，不得不悬梁自尽的有之。因为“轧”米而家里无人照料，失了窃，或走失了儿女的有之。因为“轧”米而不能去教书，或办事，结果是失了业的，也有之。携男带女地去“轧”米，结果还是空手而回。将旧衣服去当了钱，去“轧”米，结果，那仅有的养命的钱，却在排队拥挤中为扒手所窃去。

大多数的人家，米缸都是空的，米是放在钵里、罐里或瓶里，却不会放在缸里的。数米为饭的时候已经到了。有的人在计数着，一合米到底有几粒。他们用各种方法来延长“米”的食用的次数。有的掺和了各种的豆类——蚕豆、红豆、绿豆、黄豆，有的与山薯或土豆合煮。吃“饭”的人一天天的少了。能够吃粥的，粥上浮有多半的米粒的，已是少数的人家了。

如果有画家把这一时期的“轧米图”绘了出来，准比《流民图》还要动人，还要凄惨。那一张张不同的憔悴的面容，正象征着经历了许多年代的痛苦与屈辱的中国人民们的整个生活的面容。

到了后来，“工部局”的储粮空了，同时，敌人们的压力也更大，更甚了，便借着实行“配给制度”的诱惑力，开始调查户口，编制“保甲”；百数十年来向来乱丝无绪的“租界”的户口，竟被他们整理得有条有理。

所谓“配给制度”，便是按着户口，发给“配给证”，凭证可以购买白米及其他杂粮和日用品。开头，倒还有些白米配给出来，渐渐的米的“质”“江河日下”了，渐渐的米的“量”也一天天的少下去了，渐渐的用杂粮来代替一部分的白米了。米的“质”变成了“糠”多“米”少，变成了泥沙多，米质有臭味，不能入口，变成了空谷多于米粒。这些，都是日本人所不能入口，所不欲入口的，所以很慷慨地分了一部分出来。至于我们所生产的香糯的白米呢，那是敌人们的军粮，老百姓们是没有分吃到的。

有几个汉奸，勾结了管理军粮的敌人们，窃出了若干白米或军粮，在黑市上卖了出来。上海人总有半年以上，能够在黑市上买得到真正的白米或杜米，那不能不归功于那些汉奸们的作弊之功——从老虎嘴里偷下了一小部分的肥肉出来。后来这事被他们发现了，两个汉奸——侯大椿和胡政，便被他们枪决。从此以后，白米或杜米，在市面上便更少见到了。“一二·八”珍珠港事变以后，海运完全断绝了，连日本本土的白米也要“江南”地方来供给，白米的来源，便更加艰难，稀少起来。

上海区的人民们，如果有力量，不愿吃杂粮或少吃杂粮的，只好求之于少数的米贩子，那便是所谓“踏”米的人们。“踏”米的人，不过是一个代表的名词，指的便是那批用自车偷偷地从敌人的封锁线上，载运了少数米粮过来的人，他们都是年轻力壮的汉子，冒着生命的危险，做着这种黑市交易，其他妇孺们和老年的人们也常常带了些米粮来卖。身上穿了特制的“背身”，“背身”前后面都有的，其中便储藏着白米，很机警地偷过了敌人的“检问所”——其实，还是用金钱来买“过”的居多。他们常常的发生“麻烦”，最轻的处罚是将食米充公。封锁线的边缘上常见有许多的“没收”的白米堆积着，有的是“没收”后还被“打”被“罚跪”。遇到敌人们不高兴的时候，便用刺刀来戳毙他们，如此遭害的人很不少。友人程及君曾绘了一幅《踏米图》，那幅图是活生生的一幅表现得很真切的凄惨的水彩画，是沦陷区人民的生活的烙印。

为了食米的输入一天天地艰难起来，敌人们的搜刮，一天天地加强加多起来，米价便发狂地飞涨着。从伪币一千元两千元一担，到四千元八千元一担，后来便是一万元五万元的狂跳着。最后，竟狂跳到一百万元左右一担，最高峰曾经到过二百万一担的关口。平民们简直没有吃到“白米”的福气，连所谓“二号米”、“三号米”也难得到口。许多人都被迫改食杂粮，从面粉到蚕豆、山薯，只要是能够充饥的东西，没有不被一般人搜寻着。饭店里也奉命不许出卖白米饭，有的改用面食，有的改用所谓“麦饭”，白米成了最奢侈的、最珍贵的东西。“配给制度”也在无形中停顿了。——从半个月配给一次，到一个月两个月配给一次，直到“无形停顿”为止。

食粮缺乏的威胁，不仅使一般平民们感受到，即有力食用白米者们也都感受到了。肉和鱼和蔬菜还有得见到，白米却都到了敌人们的“仓库”里去了。前些时，听说烟台的人请客，食米要自己随身带去。江南产米区的人们，这时也有同样的情形。历史上有一个笑话，说有一个皇帝，遇到荒年，饥民遍野，他提议说：“何不吃肉糜？”这时，倒的确有这样的“事实”了。吃肉糜易，吃白米饭却难。

假如胜利不在8月里到来的话，在冬天，饿死的人一定要成坑成谷的，然而江南产米区并不是没有米。米都被堆藏在敌人的仓库里，一包包，一袋袋堆积如山，任其红腐下去。他们还将米煮成了“饭”，做成了罐头，一罐罐地堆积着，以备第二年、第三年的军粮。

什么都被掠夺，但食粮却是他们主要的掠夺的目的物。我常经过几个大厦，那里面的住户都已被赶了出去，无数的卡车，堆载着白米，往这些大厦里搬运进去。雪白香糯的米粒，漏得满地，这不是白米！然而沦陷区的人民是分润不到一粒的！德国人对占领地的许多欧洲人说：“德国人是不会饿死的；你们不种田，不生产，饿死的是你们；最后饿死的才是德国人。”这话好不可怕！日本人虽然没有公开地说这句话，然而他们实实在在是这样做着的。

假如天不亮，我们是要首先饿死了的！

好不可怕的一场噩梦！

记黄小泉先生

我永远不能忘记了黄小泉先生，他是那样的和蔼、忠厚、热心、善诱。受过他教诲的学生们没有一个能够忘记了他。

他并不是一位出奇的人物，他没有赫赫之名；他不曾留下什么有名的著作，他不曾建立下什么令年轻人眉飞色舞的功勋。他只是一位小学教员，一位最没有野心的忠实的小学教员，他一生以教人为职业，他教导出不少位的很好的学生。他们都跑出他的前面，跟着时代走去，或被时代拖了走去。但他留在那里，永远的继续的在教诲，在勤勤恳恳地做他的本分的事业。他做了五年，做了十年，做了二十年的小学教员，心无旁骛，志不他迁，直到他儿子炎甫承继了他的事业之后，他方才歇下他的担子，去从事一件比较轻松些、舒服些的工作。

他是一位最好的公民。他尽了他所应尽的最大的责任；不曾一天躲过懒，不曾想到过变更他的途程。——虽然在这二十年间尽有别的机会给他向比较轻松些、舒服些的路上走去。他只是不息不倦地教诲着，教诲着，教诲着。

小学校便是他的家庭之外的唯一的工作与游息之所。他没有任何不良的嗜好，连烟酒也都不入口。

有一位工人出身的厂主，在他从绑票匪的铁腕之下脱逃出来的时候，有人问他道："你为什么会不顾生死地脱逃出来呢？"

他答道："我知道我会得救。我生平不曾做过一件亏心的事，从工厂出来便到礼拜堂，从家里出来便到工厂。我知道上帝会保佑我的。"

小泉先生的工厂，便是他的学校，而他的礼拜堂也便是他的学校。他是确确实实的不曾到过第三个地方去；从家里出来便到学校，从学校出来便到家里。

他在家里是一位最好的父亲。他当然不是一位公子少爷，他父亲不曾为他留下多少遗产，也许只有一所三四间屋的瓦房——我已经记不清了，说不定这所瓦房还是租来的。他的薪水的收入是很微小的，但他的家庭生活很快活。他的儿子炎甫从少是在他的“父亲兼任教师”的教育之下长大的。炎甫进了中学，可以自力研究了，他才放手。但到了炎甫在中学毕业之后，却因为经济的困难，没有希望升学，只好也在家乡做着小学教员。炎甫的收入极小，对于他的帮助当然是不多。这几十年间，他们的一家，这样的在不充裕的生活里度过。

但他们很快活。父子之间，老是像朋友似的在讨论着什么，在互相帮助着什么。炎甫结了婚，他的妻是我少时候很熟悉的一位游伴，她在他们家里觉得很舒服，他们从不曾有过什么不愉快的争执。

小泉先生在学校里，对于一般小学生的态度，也便是像对待他自己的儿子炎甫一样；不当他们是被教诲的学生们，不以他们为知识不充足的小人们；他只当他们是朋友，最密切亲近的朋友。他极善诱导启发，出之以至诚，发之于心坎。我从不曾看见他对于小学生有过疾言厉色的责备。有什么学生犯下了过错，他总是和蔼的在劝告，在絮谈，在闲话。

没有一个学生怕他，但没有一个学生不敬爱他。

他做了二十年的高等小学校的教员、校长。他自己原是科举出身，对于新式的教育却努力地不断地在学习，在研究，在讨论。在内地，看报的人很少，读杂志的人更少；我记得他却订阅了一份《教育杂志》，这当然给他以不少的新的资料与教导法。

他是一位教国文的教师。所谓国文，本来是最难教授的东西；清末到民国六七年间的高等小学的国文，尤其是困难中之困难。不能放弃了旧的“四书”“五经”，同时又必须应用到新的教科书。教高小学生以《左传》《孟子》和《古文观止》之类是“对牛弹琴”之举，但小泉先生却能给我们以新鲜的材料。

我在别一个小学校里，国文教员拖长了声音，板正了脸孔，教我读《古文观止》。我至今还恨这部无聊的选本！

但小泉先生教我念《左传》，他用的是新的方法，我却很感到趣味。

仿佛是到了高小的第二年，我才跟从了小泉先生念书，我第一次有了一位不可怕而可爱的先生。这对于我爱读书的癖性的养成是很有关系的。

高小毕业后，预备考中学。曾和炎甫等几个同学，在一所庙宇里补习国文，教员也便是小泉先生。在那时候，我的国文，进步得最快。我第一次学习着作文。我永远不能忘记了那时候的快乐的生活。

到进了中学校，那国文教师又在板正了脸孔，拖长了声音在念《古文观止》！求小泉先生时代那么活泼善诱的国文教师是终于不可得了！

所以，受教的日子虽不很多，但我永远不能忘记了他。

他和我家有世谊，我和炎甫又是很好的同学，所以，虽离开了他的学校，他还不断的在教诲我。

假如我对于文章有什么一得之见的话，小泉先生便是我的真正的“启蒙先生”、真正的指导者。

我永远不能忘记了他，永远不能忘记了他的和蔼、忠厚、热心、善诱的态度——虽然离开了他已经有十几年，而现在是永不能有再见到他的机会了。

但他的声音笑貌在我还鲜明如昨日！

1934 年 7 月 9 日

永在的温情
——纪念鲁迅先生

10月19日下午5点钟，我在一家编译所一位朋友的桌上，偶然拿起了一份刚送来的Evening Post，被这样的一个标题："中国的高尔基今晨5时去世"，惊骇得一跳。连忙读了下来，这惊骇变成了事实：果然是鲁迅先生去世了！

这消息像闷雷似的，当头打了下来，呆坐在那里不言不动。

谁想得到这可怕的噩耗竟这样的突然的来呢?

鲁迅先生病得很久了；间歇地发着热，但热度并不甚高。一年以来，始终不曾好好地恢复过，但也从不曾好好地休息过。半年以来，情形尤显得不好。缠绵在病榻上者总有三四个月，朋友们都劝他转地疗养，他自己也有此意。前一个月，听说他要到日本去。但茅盾告诉我，"双十节"那一天还遇见他在Isis看Dobro Vsky；中国木刻画展览会，他也曾去参观。总以为他是渐渐地复原了，能够出来走走了。谁又想得到这可怕的噩耗竟这样突然的来呢?

刚在前几天，他还有信给我，说起一部书出版的事；还附带的说，想早日看见《十竹斋笺谱》的刻成。我还没有来得及写回信。

谁想得到这可怕的噩耗竟这样的突然的来呢?

我一夜不曾好好地安心地睡。

第二天赶到万国殡仪馆，站在他遗像的面前，久久的走不开。再一看，他的遗体正在像下，在鲜花的包围里，面貌还是那么清癯而带些严肃，但双眼却永远地闭上了！

我要哭出来，大声地哭，但我那时竟流不出眼泪，泪水为悲戚所灼干了。

我站在那里，久久走不开。我竟不相信，他竟是那样突然地便离我们而远远地向不可知的所在而去了。

但他的友谊的温情却是永在的，永在我的心上——也永在他的一切友人的心上，我相信。

初和他见面时，总以为他是严肃的、冷酷的。他的瘦削的脸上，轻易不见笑容。他的谈吐迟缓而有力，渐渐地谈下去，在那里面，你便可以发现其可爱的真挚、热情的鼓励与亲切的友谊。他虽不笑，他的话却能引你笑。和他的兄弟启明先生一样，他是最可谈、最能谈的朋友，你可以坐在他客厅里，他那间书室兼卧室里，坐上半天，不觉得一点拘束、一点不舒服。什么话都谈，但他的话头却总是那么有力。他的见解往往总是那么正确。你有什么怀疑、不安，由于他的几句话也许便可以解决你的问题，鼓起你的勇气。

失去了这样的一位温情的朋友，就个人讲，将是怎样的一个损失呢？

他最勤于写作，也最鼓励人写作。他会不惮其烦地几天几夜地替一位不认识的青年，或一位不深交的朋友，改削创作，校正译稿，其仔细和小心远过于一位私塾的教师。

他曾和我谈起一件事：有一位不相识的青年寄一篇稿子来请求他改，他仔仔细细地改了寄回去。那青年却写信来骂他一顿，说被改涂得太多了。第二次又寄一篇稿子来，他又替他改了寄回去，这一次的回信，却责备他改得太少。

“现在做事真难极了！”他慨叹地说道。对于人的不易对付和做事之难，他这几年来时时的深切的感到。

但他并不灰心，仍然的在做着吃力不讨好的改削创作，校正译稿的事，挣扎着病躯，深夜里，仔仔细细地为不相识的青年或不深交的朋友在工作。

这样的温情的指导者和朋友，一旦失去了，将怎样的令人感到不可补赎之痛呢？

他所最恨的是那些专说风凉话而不肯切实做事的人。会批评，但不工作；会讥嘲，但不动手；会傲慢自夸，但永远拿不出东西来，像那样的人物，他是不客气地要摈之门外，永不相往来的。所谓无诗的诗人，不写文章的文人，他都深诛痛恶的在责骂。

他常感到“工作”的来不及做，特别是在最近一二年，凡做一件事，都总要快快地做。

“迟了恐怕要来不及了。”这句话他常在说。

那样的清楚的心境，我们都是同样深切感到的。想不到他自己真的便是那么快的便逝去，还留下要做的许多事没有来得及做——但，后死者却要继续他的事业下去的！

我和他第一次的相见是在同爱罗先珂到北平去的时候。

他着了一件黑色的夹外套，戴着黑色呢帽，陪着爱罗先珂到女师大的大礼堂里去。我们匆匆地谈了几句话。因为自己不久便回到南边来，在北平竟不曾再见一次面。

后来，他自己说，他那件黑色的夹外套，到如今还有时着在身上。

我编《小说月报》的时候，曾不时的通信向他要些稿子。除了说起稿子的事，别的话也没有什么。

最早使我笼罩在他温热的友情之下的，是一次讨论到“三言”问题的信。

我在上海研究中国小说，完全像盲人骑瞎马，乱闯乱摸，一点凭借都没有，只是节省着日用，以浅浅的薪入购书，而即以所购入之零零落落的破书，作为研究的资源。那时候实在贫乏得、肤浅得可笑，偶尔得到一部原版的《隋唐演义》却以为是了不得的奇遇，至于“三言”之类的书，却是连梦魂里也不曾读到。

他的《中国小说史略》的出版，减少了许多我在暗中摸索之苦。我有一次写信问他《醒世恒言》《警世通言》及《喻世明言》的事，他的回信很快的便来了，附来的是他抄录的一张《醒世恒言》的全目。——这张目录我至今还保全在我的一部《中国小说史略》里。他说，《喻世》《警世》，他也没有见到，《醒世恒言》他只有半部，但有一位朋友那里藏有全书。所以他便借了来，抄下目录寄给我。

当时，我对于这个有力的帮助，说不出应该怎样的感激才好。这目录供给了我好几次的应用。

后来，我很想看看《西湖二集》（那部书在上海是永远不会见到的），又写信问他有没有此书。不料随了回信同时递到的却是一包厚厚的包裹。打开了看时，却是半部明末版的《西湖二集》，附有全图。我那时实在眼光小得可怜，几曾见过几部明版附插图的平话集？见了这《西湖二集》为之狂喜！而他的信道：他现在不弄中国小说，这书留在手边无用，送了给我吧。这贵重的礼物，从一个只见一面的不深交的朋友那里来，这感动是至今跃跃在心头的。

我生平从没有意外的获得。我的所藏的书，一部部都是很辛苦地设法购得的；购书的钱，都是中夜灯下疾书的所得或减衣缩食的所余。一部部书都可看出我自己的夏日的汗、冬夜的凄栗，有红丝的睡眼，右手执笔处的指端的硬茧和酸痛的右臂。但只有这一集可宝贵的书，乃是我书库里唯一的友情的赠予——只有这一部书！

现在这部《西湖二集》也还堆在我最宝爱的几十部明版书的中间，看了它便要泫然泪下。这可爱的直率的真挚的友情，这不意中的难得的帮助，如今是不能再有了！

但我心头的温情是永在的——这温情也永在他的一切友人的心上，我相信！

“九·一八”以后，他到过北平一趟，得到青年人最大的热烈的欢迎。但过了几天，便悄悄地走了。他原是去探望他母亲的病去的，我竟来不及去看他。

但那一年寒假的时候，我回到上海，到他寓所时，他便和我谈起在北平的所获。

“木刻画如今是末路了，但还保存在笺纸上。不过，也难说保全得不会久。”他深思地说道。

他搬出不少的彩色笺纸，来给我看，都是在北平时所购得的。

“要有人把一家家南纸店所出的笺纸，搜罗了一下，用好纸刷印个几十部，作为笺谱，倒是一件好事。”他说道。

过了一会，他又道：“这要住在北平的人方能做事。我在这里不能做这事。”

我心里很跃动，正想说“那么，我来做吧”。而他慢吞吞地续说道：“你倒可以做，要是费些工作，倒可以做。”

我立刻便将这责任担负了下来，但说明搜集而得的笺纸，由他负选择之责。我相信他的选择要比我高明得多。

以后，我一包一包地将购得的笺样送到上海，经他选择后，再一包一包地寄回。

中间，我曾因事把这工作停顿了二三个月。他来信说：“这事我们得赶快做，否则，要来不及做，或轮不到我们做。”

在他的督促和鼓励之下，那六巨册的美丽的《北平笺谱》方才得以告成。

有一次，我到上海来，带回了亡友王孝慈先生所藏的《十竹斋笺谱》四册，顺便送到他家里给他看。

这部谱，刻得极精致，是明末版画里最高的收获，但刻成的年月是崇祯十六年的夏天，所以流传得极少。

“这部书似也不妨翻刻一下。”我提议道。那时，我为《北平笺谱》的成功所鼓励，勇气有余。

“好的，好的，不过要赶快做！”他道。

想不到全部要翻刻，工程浩大无比，所耗也不赀，几乎不是我们的力量所及。

第一册已出版了，第二册也刻好待印；而鲁迅先生却等不及见到第三册以下的刻成了！

对于美好的东西，似乎他都喜爱。我曾经有过一个意思，要集合六朝造像及墓志的花纹刻为一书，但他早已注意及此了。他告诉我说，他所藏的六朝造像的拓本也不少，如今还在陆续地买。

他是最能分别得出美与丑，永远的不朽与急就的草率的。

除了以朽腐为神奇，而沾沾自喜，向青年们施以毒害的宣传之外，他对于古代的遗产，决不歧视，反而抱着过分的喜爱。

他曾经告诉过我，他并不反对袁中郎；中郎是十分方巾气的，这在他文集里便可见。他所厌弃、所斥责的乃是只见中郎的一面，而恣意鼓吹着的人物。

京平刚从鲁迅先生那里得到最大的鼓励。他感激得几乎哭出来，但想不到鲁迅竟这样的突然的过去了！

第三天，我在万国殡仪馆门口遇见他；他的嘴唇在颤动，眼圈在红。

从万国公墓归来后，他给我一封信道："我心已经分裂。我从到达公墓时，就失去了约束自己的力量，一直到墓石封合了，我竟痛哭失声。先生，这是我平生第一痛苦的事了，他匆匆地瞥了我一眼，就去了——"

但他并没有去。他的温情永在我的心头——也永在他的一切友人的心上，我相信！

1936年10月25日写

悼夏丏尊先生

夏丏尊先生死了，我们再也听不到他的叹息，他的悲愤的语声了；但静静地想着时，我们仿佛还都听见他的叹息，他的悲愤的语声。

他住在沦陷区里，生活紧张而困苦，没有一天不在愁叹着。是悲天？是悯人？

胜利到来的时候，他曾经很天真地高兴了几天。我们相见时，大家都说道“好了，好了”，个个人的脸上似乎都泯没了愁闷，耀着一层光彩。他也同样地说道：“好了，好了！”

然而很快的，便又陷入愁闷之中。他比我们敏感，他似乎失望，愁闷得更迅快些。

他曾经很高兴地写过几篇文章，很提出些正面的主张出来。但过了一会，便又沉默下去，一半是为了身体逐渐衰弱的关系。

他是一个自由主义者，反对一切的压迫和统制。他最富于正义感，看不惯一切的腐败、贪污的现象。他自己曾经说道：“自恨自己怯弱，没有直视苦难的能力，却又具有着对于苦难的敏感。”又道：“记得自己幼时，逢大雷雨躲入床内；得知家里要杀鸡就立刻逃避；看戏时遇到翠屏山杀嫂等戏，要当场出彩，预先俯下头去；以及妻每次产时，不敢走入产房，只在别室中闷闷地听着妻的呻吟声，默祷她安全的光景。”（均见《平屋杂文》）

这便是他的性格。他表面上很恬淡，其实心是热的，他仿佛无所褒贬，其实心里是泾渭分得极清的。在他淡淡的谈话里，往往包含着深刻的意义。他反对中国人传统的调和与折中的心理。他常常说，自己是一个早衰者，不仅在身体上，在精神上也是如此。他有一篇《中年人的寂寞》：

我已是一个中年的人。一到中年，就有许多不愉快的现象，眼睛昏花了，记忆力减退了，头发开始秃脱而且变白了，意兴、体力什么都不如年轻的时候，常不禁会感觉得难以名言的寂寞的情味。尤其觉得难堪的是知友的逐渐减少和疏远，缺乏交际上的温暖的慰藉。

在《早老者的忏悔》里，他又说道：

我今年五十，在朋友中原比较老大。可是自己觉得体力减退，已好多年了。三十五六岁以后，我就感到身体一年不如一年，工作起来不得劲，只得是恹恹地勉强挨，几乎无时不觉到疲劳，什么都觉得厌倦，这情形一直到如今。十年以前，我还只四十岁，不知道我年龄的，都以我是五十岁光景的人，近来居然有许多人叫我“老先生”。论年龄，五十岁的人应该还大有可为，古今中外，尽有活到了七十八十，元气很盛的。可是我却已经老了，而且早已老了。

这是他的悲哀，但他的并不因此而消极，正和他的不因寂寞而厌世一样。他常常愤慨，常常叹息，常常悲愁。他的愤慨、叹息、悲愁，正是他的人世处。他爱世、爱人，尤爱“执着”的有所为的人和狷介的有所不为的人。他爱年轻人，他讨厌权威，讨厌做作、虚伪的人。他没有机心，表里如一。他藏不住话，有什么便说什么，所以大家都称他“老孩子”。他的天真无邪之处，的确够得上称为一个“孩子”的。

他从来不提防什么人。他爱护一切的朋友，常常担心他们的安全与困苦。我在抗战时避在外，他见了面，便问道：“没有什么吗？”我在卖书过活，他又异常关切地问道：“不太穷困么？卖掉了可以过一个时期吧。”

“又要卖书了么？”他见我在抄书目时问道。

我点点头：向来不做乞怜相，装作满不在乎的神气，有点倔强，也有点傲然。但见到他的皱着眉头，同情地叹气时，我几乎也要叹出气来。

他很远地挤上了电车到办公的地方来，从来不肯坐头等，总是挤在拖车里。我告诉他，拖车太颠太挤，何妨坐头等，他总是不改变态度，天天挤，挤不上，再等下一部，有时等了好几部还挤不上。到了办公的地方，总是叹了一口气后才坐下。

“丏翁老了！”朋友们在背后都这么说。我们有点替他发愁，看他显著地一天天地衰老下去。他的营养是那么坏，家里的饭菜不好，吃米饭的时候很少；到了办公的地方时，也只是以一块面包当做午餐。那时候，我们也都吃着烘山芋、面包、小馒头或羌饼之类做午餐，但总想有点牛肉、鸡蛋之类伴着吃，他却从来没有过；偶然是涂些果酱上去，已经算是很奢侈了。我们有时高兴上小酒馆去喝酒，去邀他，他总是不去。

在沦陷时代，他曾经被敌人的宪兵捉去过。据说，有他的照相，也有关于他的记录。他在宪兵队里，虽没有被打、上电刑或灌水之类，但睡在水门汀上，吃着冷饭，他的身体因此益发坏下去。敌人们大概也为他的天真而恳挚的态度所感动吧，后来，对待他很不坏。比别人自由些，只有半个月便被放了出来。

他说，日本宪兵曾经问起了我：“你有见到郑某某吗？”他撒了谎，说道：“好久好久不见到他了。”其实，在那时期，我们差不多天天见到的。他是那么爱护着他的朋友！

他回家后，显得更憔悴了；不久，便病倒。我们见到他，他也只是叹气，慢吞吞地说着经过，并不因自己的不幸的遭遇而特别觉得愤怒。他永远是悲天悯人的。——连他自己也在内。

在晚年，他有时觉得很起劲，为开明书店计划着出版辞典；同时发愿要译《南藏》。他担任的是《佛本生经》（*Jataka*）的翻译，已经译成了若干，有一本仿佛已经出版了。我有一部英译本*Jataka*，他要借去做参考，我答应了他，可惜我不能回家，托人去找，遍找不到。等到我能够回家，而且找到*Jataka*时，他已经用不到这部书了。我见到它，心里便觉得很难过，仿佛做了一件不可补偿的事。

他很耿直，虽然表面上是很随和。他所厌恨的事，隔了多少年，也还不曾忘记。有一次，在一个宴会上遇到了一个他在杭州第一师范学校教书时代的浙江教育厅长，他便有点不耐烦，叨叨地说着从前的故事。我们都觉得窘，但他却一点也不觉得。

他是爱憎分明的！他从事教育很久，多半在中学里教书。他对待学生们从来不采取严肃的督责的态度。他只是恳挚地诱导着他们。

……我入学之后，常听到同学们谈起夏先生的故事，其中有一则我记得最牢，感动得最深的，是说夏先生最初在一师兼任舍监的时候，有些不好的同学，晚上熄灯，点名之后，偷出校门，在外面荒唐到深夜才回来；夏先生查到之后，并不加任何责罚，只是恳切地劝导，如果一次两次仍不见效；于是夏先生第三次就守候着他，无论怎样夜深都守候着他，守候着了，夏先生对他仍旧不加任何责罚，只是苦口婆心，更加恳切地劝导他，一次不成，二次；二次不成，三次……总要使得犯过者真心悔过，彻底觉悟而后已。

许志行《不堪回首悼先生》

他是上海立达学园的创办人之一，立达的几位教师对于学生们所应用的也全是这种恳挚的感化的态度。他在国立暨南大学做过国文系主任，因为不能和学校当局意见相同，不久，便辞职不干。此后，便一直过着编译的生活，有时也教教中学。学生们对于他，印象都非常深刻，都敬爱着他。

他对于语文教学，有湛深的研究。他和刘薰宇合编过一本《文章作法》，和叶绍钧合编过《文章讲话》《阅读与写作》及《文心》，也像做国文教师时的样子，细心而恳切地谈着作文的心诀。他自己作文很小心，一字不肯苟且；阅读别人的文章时，也很小心，很慎重，一字不肯放过。从前，《中学生》杂志有过《文章病院》一栏，批评着时人的文章，有发必中；便是他在那里主持着的，他自己也动笔写了几篇东西。

古人说“文如其人”。我们读他的文章，确有此感。我很喜欢他的散文，每每劝他编成集子。《平屋杂文》一本，便是他的第一个散文集子。他毫不做作，只是淡淡地写来，但是骨子里很丰腴。虽然是很短的一篇文章，不署名的，读了后，也猜得出是他写的。在那里，言之有物，是那么深切地混和着他自己的思想和态度。

他的风格是朴素的，正和他为人的朴素一样。他并不堆砌，只是平平地说着他自己所要说的话。然而，没有一句多余的话、不诚实的话，字斟句酌，决不急就。在文章上讲，是“盛水不漏”，无懈可击的。

他的身体是病态的胖肥，但到了最后的半年，显得瘦了，气色很灰暗。营养不良，恐怕是他致病的最大原因。心境的忧郁，也有一部分的因素在内。友人们都说他“一肚皮不合时宜”。在这样一团糟的情形之下，“合时宜”的都是些何等人物，可想而知。怎能怪丏尊的牢骚太多呢！

想到这里，便仿佛还听见他的叹息、他的悲愤的语声在耳边响着。他的忧郁的脸、病态的身体，仿佛还在我们的眼前出现。然而他是去了！永远的去了！那悲天悯人的语调是再也听不到了！

如今是，那么需要由叹息、悲愤里站起来干的人，他如不死，可能会站起来干的。这是超出于友情以外的一个更大的损失。

1946 年 6 月

悼许地山先生

许地山先生在抗战中逝世于香港。我那时正在上海蛰居，竟不能说什么话哀悼他。——但心里是那么沉痛凄楚着。我没有一天忘记了这位风趣横逸的好友。他是我学生时代的好友之一，真挚而有益的友谊，继续了二十四五年，直到他的死为止。

人到中年便哀多而乐少。想起半生以来的许多友人们的遭遇与死亡，往往悲从中来，怅惘无已。有如雪夜山中，孤寺纸窗，卧听狂风大吼，身世之感，油然而生。而最不能忘的，是许地山先生和谢六逸先生，六逸先生也是在抗战中逝去的。记得二十多年前，我住在宝兴西里，他们俩都和我同住着，我那时还没有结婚，过着刻板似的编辑生活，六逸在教书，地山则新从北方来。每到傍晚，便相聚而谈，或外出喝酒。我那时心绪很恶劣，每每借酒浇愁，酒杯到手便干。常常买了一瓶葡萄酒来，去了瓶塞，一口气咕嘟嘟地全都灌下去。有一天，在外面小酒店里喝得大醉归来，他们俩好不容易地把我扶上电车，扶进家门口。一到门口，我见有一张藤的躺椅放在小院子里，便不由自主地躺了下去，沉沉入睡。第二天醒来，却睡在床上。原来他们俩好不容易地又设法把我抬上楼，替我脱了衣服鞋子。我自己是一点知觉也没有了。一想起这两位挚友都已辞世，再见不到他们，再也听不到他们的语声，心里便凄楚欲绝。为什么“悲哀”这东西老跟着人跑呢？为什么跑到后来，竟越跟越紧呢？

地山在北平燕京大学念书。他家境不见得好，他的费用是由闽南某一个教会负担的。他曾经在南洋教过几年书，他在我们这一群未经世故人情磨炼的年轻人里，天然是一个老大哥。他对我们说了许多我们从来没有听到过的话。

他有好些书，西文的，中文的，满满的排了两个书架。这是我所最为羡慕的。我那时还在省下车钱来买杂志的时代，书是一本也买不起的。我要看书，总是向人借。有一天傍晚，太阳光还晒在西墙，我到地山宿舍里去。在书架上翻出了一本日本翻版的《泰戈尔诗集》，读得很高兴。站在窗边，外面还亮着。窗外是一个水池，池里有些翠绿欲滴的水草，人工的流泉，在淙淙的响着。

“你喜欢泰戈尔的诗么？”我点点头，这名字我是第一次听到，他的诗，也是第一次读到。他便和我谈起泰戈尔的生平和他的诗来。他说道：“我正在译他的《吉檀迦利》呢。”随即在抽屉里把他的译稿给我看。他是用古诗译的，很晦涩。

“你喜欢的还是《新月集》吧。”便在书架上拿下一本书来。“这便是《新月集》。”他道，“送给你，你可以选着几首来译。”

我喜悦地带了这本书回家。这是我译泰戈尔诗的开始。后来，我虽然把英文本的《泰戈尔集》，陆续的全都买了来，可是得书时的喜悦，却总没有那时候所感到的深切。

我到了上海，他介绍他的二哥敦谷给我。敦谷是在日本学画的。一位孤芳自赏的画家，与人落落寡合，所以，不很得意。我编《儿童世界》时，便请他为我作插图。第一年的《儿童世界》，所有的插图全出于他的手。后来，我不编这周刊了，他便也辞职不干。他受不住别的人的指挥什么的，他只是为了友情而工作着。

地山有五个兄弟，都是真实的君子人。他曾经告诉过我，他的父亲在台湾做官，在那里有很多的地产。当台湾被日本占去时，曾经宣告过，留在台湾的，仍可以保全财产；但离了的，却要把财产全部没收。他父亲召集了五个兄弟们来，问他们谁愿意留在台湾，承受那些财产，但他们全都不愿意。他们一家便这样的舍弃了全部资产，回到了大陆。因此，他们变得很穷，兄弟们都不能不很早的各谋生计。

他父亲是丘逢甲的好友。一位仁人志士，在台湾被占时代，尽了很多的力量，写着不少慷慨激昂的诗。地山后来在北平印出了一本诗集。他有一次游台湾，带了几十本诗集去，预备送给他的好些父执，但在海关上，被日本人全部没收了。他们不允许这诗集流入台湾。

地山结婚得很早。生有一个女孩子后，他的夫人便亡故，她葬在静安寺的坟场里。地山常常一清早便出去，独自到了那坟地上，在她坟前，默默地站着，不时的带着鲜花去。过了很久，他方才续弦，又生了几个儿女。

他在燕大毕业后，他们要叫他到美国去留学，但他却到了牛津。他学的是比较宗教学。在牛津毕业后，他便回到燕大教书。他写了不少关于宗教的著作；他写着一部《道教史》，可惜不曾全部完成。他编过一部《大藏经引得》。这些，都是扛鼎之作，别的人不肯费大力从事的。

茅盾和我编《小说月报》的时候，他写了好些小说，像《换巢鸾风》之类，风格异常的别致。他又写了一本《无从投递的邮件》，那是真实的一部伟大的书，可惜知道的人不多。

最后，他到香港大学教书，在那里住了好几年，直到他死。他在港大，主持中文讲座，地位很高，是在“绅士”之列的。在法律上有什么中文解释上的争执，都要由他来下判断。他在这时期，帮助了很多朋友们。他提倡中文拉丁化运动，他写了好些论文，这些，都是他从前所不曾从事过的。他得到广大的青年们的拥护。他常常参加座谈会，常常出去讲演。他素来有心脏病，但病状并不显著，他自己也并不留意静养。

有一天，他开会后回家，觉得很疲倦，汗出得很多，体力支持不住，使移到山中休养着。便在午夜，病情太坏，没等到天亮，他便死了。正当祖国最需要他的时候，正当他为祖国努力奋斗的时候，病魔却夺了他去。这损失是属于国家民族的，这悲伤是属于全国国民们的。

他在香港，我个人也受过他不少帮助。我为国家买了很多的善本书，为了上海不安全，便寄到香港去；曾经和别的人商量过，他们都不肯负这责任，不肯收受，但和地山一通信，他却立刻答应了下来。所以，三千多部的元明本书，抄校本书，都是寄到港大图书馆，由他收下的。这些书，是国家的无价之宝，虽然在日本人陷香港时曾被他们全部取走，而现在又在日本发现，全部要取回来，但那时如果仍放在上海，其命运恐怕要更劣于此。——也许要散失了，被抢得无影无踪了。这种勇敢负责的行为，保存民族文化的功绩，不仅我个人感激他而已！

他名赞堃，写小说的时候，常用落花生的笔名。“不见落花生么？花不美丽，但结的实却用处很大，很有益。”当我问他取这笔名之意时，他答道。

他的一生都是有益于人的，见到他便是一种愉快。他胸中没有城府。他喜欢谈话，他的话都是很有风趣的，很愉快的。老舍和他都是健谈的，他们俩曾经站在伦敦的街头，谈个三四个钟点，把别的约会都忘掉。我们聚谈的时候，也往往消磨掉整个黄昏，整个晚上而忘记了时间。

他喜欢做人家所不做的事。他收集了不少小古董，因为他没有多余的钱买珍贵的古物。他在北平时，常常到后门去搜集别人所不注意的东西。他有一尊元朝的木雕像，绝为隽秀，又有元代的壁画碎片几方，古朴有力。他曾经搜罗了不少“压胜钱”，预备做一部压胜钱谱，抗战后，不知这些宝物是否还保存无恙。他要研究中国服装史，这工作到今日还没有人做。为了要知道“纽扣”的起源，他细心地在查古画像、古雕刻和其他许多有关的资料。他买到了不少摊头上鲜有人过问的“喜神像”，还得到很多玻璃的画片。这些，都是与这工作有关的。可惜牵于他故，牵于财力、时力，这伟大的工作，竟不能完成。

我写中国版画史的时候，他很鼓励我。可惜这工作只做了一半，也困于财力而未能完工。我终要将这工作完成的，然而地山却永远见不到它的全部了！

他心境似乎一直很愉快，对人总是很高兴的样子。我没有见他疾言厉色过；即遇拂意的事，他似乎也没有生过气。然而当神圣的抗战一开始，他便挺身出来，献身给祖国，为抗战做着应该做的工作。

抗战使这位在研究室中静静的工作着的学者，变为一位勇猛的斗士。

他的死亡，使香港方面的抗战阵容失色了。他没有见到胜利而死，这不幸岂仅是他个人的而已！

他如果还健在，他一定会更勇猛地为和平建国，民主自由而工作着的。

失去了他，不仅是失去了一位真挚而有益的好友，而且是，失去了一位最坚贞、最有见地、最勇敢的同道的人。我的哀悼实在不仅是个人的友情的感伤！

1946年7月

忆六逸先生

谢六逸先生是我们朋友里面的一个被称为“好人”的人，和耿济之先生一样，从来不见他有疾言厉色的时候。他埋头做事，不说苦、不叹穷、不言劳。凡有朋友们的委托，他无不尽心尽力以赴之。我写《文学大纲》的时候，对于日本文学一部分，简直无从下手，便是由他替我写下来的——关于苏联文学的一部分是由瞿秋白先生写的。但他从来不曾向别人提起过。假如没有他的有力的帮忙，那部书是不会完成的。

他很早的便由故乡贵阳到日本留学。在早稻田大学毕业后，就到上海来做事。我们同事了好几年，也曾一同在一个学校里教过书。我们同住在一处，天天见面，天天同出同入，彼此的心是雪亮的。从来不曾有过芥蒂，也从来不曾有过或轻或重的话语过。彼此皆是二十多岁的人——我们是同庚——过着很愉快的生活，各有梦想，各有致力的方向，各有自己的工作在做着。六逸专门研究日本文学和文艺批评，关于日本文学的书，他曾写过三部以上。有系统地介绍日本文学的人，恐怕除他之外，还不曾有过第二个人。他曾发愿要译紫部式的《源氏物语》，我也极力怂恿他做这个大工作。后来不知道为什么他竟没有动笔。

他和其他的从日本留学回来的人，显得落落寡合。他没有丝毫的门户之见，他其实是外圆而内方的。有所不可，便决不肯退让一步，他喜欢和谈得来的朋友们在一道，披肝沥胆，无所不谈。但遇到了生疏些的人，他便缄口不发一言。

我们那时候，学会了喝酒，学会了抽烟。我们常常到小酒馆里去喝酒，喝得醉醺醺的回来。他总是和我们在一道，但他却是滴酒不入的。有一次，我喝了大醉回来，见到天井里的一张藤的躺椅，便倒了下去，沉沉入睡。不知什么时候，被他和地山二人抬到了楼上，代为脱衣盖被。现在，他们二人都已成了故人，我也很少有大醉的时候。想到少年时代的狂浪，能不有“车过腹痛”之感！

我老爱和他开玩笑，他总是笑笑，说道“就算是这样吧”。那可爱的带着贵州腔的官话，仿佛到现在还在耳边响着。然而我们却再也听不到他的可爱的声音了！

我们一直同住到我快要结婚的时候，方才因为我的迁居而分开。

那时候，我们那里常来住住的朋友们很多。地山的哥哥敦谷，一位极忠厚而对于艺术极忠心的画家，也住在那儿。滕固从日本回国时，也常在我们这里住。六逸和他们都很合得来。我们都不善于处理日常家务，六逸是负起了经理的责任的，他担任了那些琐屑的事务，毫无怨言，且处理得很有条理。

我的房里，乱糟糟的，书乱堆，画乱挂，但他的房里却收拾得整整有条，火炉架上，还陈列了石膏像之类的东西。

他开始教书了。他对于学生们很和气，很用心地指导他们，从来不曾显出不耐烦的心境过。他的讲义是很有条理的，写成了，就是一部很好的书，他的《日本文学史》，就是以他的讲义为底稿的。他对于学生们的文稿和试卷，也评改得很认真，没有一点马虎。好些喜欢投稿的学生，往往先把稿子给他评改，但他却从不迁就他们，从不马虎地给他们及格的分数。他永远是“外圆内方”的。

曾经有一件怪事发生过。他在某大学里做某系的主任，教“小说概论”。过了一二年有一个荒唐透顶的学生，到他家里，求六逸为他写的《小说概论》做一篇序，预备出版。他并没有看书，就写了。后来，那部书出版了，他拿来一看，原来就是他的讲义，差不多一字不易。我们都很生气，但他只是笑笑，不过从此再也不教那门课程了。他虽然是好脾气，对此种欺诈荒唐的行为，自不能不介介于心，他生性忠厚，却从来不曾揭发过。

他教了二十六七年的书，尽心尽责的。复旦大学的新闻学系，由他主持了很久的时候。在“七七”的举国抗战开始后，他便全家迁到后方去。总有三十年不曾回到他的故乡了，这是第一次的归去。他出来时是一个人，这一次回去，已经是儿女成群的了。那么远迢迢的路，那么艰难困顿的途程，他和他夫人，携带了自十岁到抱在怀里的几个小娃子们走着，那辛苦是不用说的。

自此一别，便成了永别，再也不会见到他了！胜利之后，许多朋友们都由后方归来了，他的夫人也携带了他的孩子们东归了，但他却永远永远地不再归来了，他的最小的一个孩子，现在已经靠十岁了。

记得我们别离的时候，我到他的寓所里去送别。房里家具凌乱地放着，一个孩子还在喂奶，他还是那么从容徐缓地说道：“明天就要走了。”然而，我们的眼互相望着，各有说不出的黯然之感。不料此别便是永别！

他从来没有信给我——仿佛只有过一封信吧，而这信也已抛失了——他知道我的环境的情形，也知道我行踪不定，所以，不便来信，但每封给上海友人的信，给调孚的信，总要问起我来。他很小心，写信的署名总是用的假名字，提起我来，也用的是假名字。他是十分小心而仔细的。

他到了后方，为了想住在家乡之故，便由复旦而转到大夏大学授课。后来，又在别的大学里兼课，且也在交通书局里担任编辑部的事。贵阳几家报纸的文学副刊，也多半由他负责编辑。他为了生活的清苦，不能不多兼事。而他办事，又是尽心尽力的，不肯马虎，所以，显得非常的疲劳，体力也日见衰弱下去。

生活的重担，压下去，压下去，一天天地加重，终于把他压倒在地。他没有见到胜利，便死在贵阳。

他素来是乐天的，胖胖的，从来不曾见过他的愤怒。但听说，他在贵阳时，也曾愤怒了好几回。有一次，一个主省政的官吏，下令要全贵阳的人都穿上短衣，不许着长衫。警察在街上，执着剪刀，一见有身穿长衫的人，便将下半截剪了去。这个可笑的人，听说便是下令把四川全省靠背椅的靠背全部锯了去的。六逸愤怒了！他对这幼稚任性，违抗人民自由与法律尊严的命令不断地攻击着。他的论点正确而有力。那个人结果是让步了，取消了那道可笑的命令。六逸其他为了人民而争斗的事，听说还有不少。这愤怒老在烧灼着他的心，靠五十岁的人也没有少年时代的好涵养了。

时代迫着他愤怒、争斗，但同时也迫着他为了生活的重担而穷苦而死。

这不是他一个人所独自走着的路。许多有良心的文人们都走着同样的路。

我们能不为他——他们——而同声一哭么？

1947 年 7 月 17 日

哭佩弦

从抗战以来，接连的有好几位少年时候的朋友去世了。哭地山、哭六逸、哭济之，想不到如今又哭佩弦了。在朋友们中，佩弦的身体算是很结实的。矮矮的个子，方而微圆的脸，不怎么肥胖，但也决不瘦。一眼望过去，便是结结实实的一位学者。说话的声音，徐缓而有力，不多说废话，从不开玩笑；纯然是忠厚而笃实的君子。写信也往往是寥寥的几句，意尽而止，但遇到讨论什么问题的时候，却滔滔不绝。他的文章，也是那么的不蔓不枝，恰到好处，增加不了一句，也删节不掉一句。

他做什么事都负责到底。他的《背影》，就可作为他自己的一个描写。他的家庭负担不轻，但他全力地负担着，不叹一句苦。他教了三十多年的书，在南方各地教，在北平教；在中学里教，在大学里教。他从来不肯马马虎虎地教过去，每上一堂课，在他是一件大事。尽管教得很熟的教材，但他在上课之前，还须仔细地预备着。一边走上课堂，一边还是十分的紧张。记得在清华大学的时候，有一次我在他办公室里坐着，见他紧张地在翻书。我问道：

“下一点钟有课么？”

“有的！”他说道，“总得要看看。”

像这样负责的教员，恐怕是不多见的。他写文章时，也是以这样的态度来写。写得很慢，改了又改，决不肯草率地拿出去发表。我上半年为《文艺复兴》的《中国文学研究》号向他要稿子，他寄了一篇《好与巧》来；这是一篇结实而用力之作。但过了几天，他又来了一封快信，说，还要修改一下，要我把原稿寄回给他。我寄了回去。不久，修改的稿子来了，增加了不少有力的例证。他就是那么不肯马马虎虎地过下去的！

他的主张，向来是老成持重的。

将近二十年了，我们同在北平。有一天，在燕京大学南大地一位友人处晚餐，我们热烈地辩论着“中国字”是不是艺术的问题。向来总是“书画”同称，我却反对这个传统的观念。大家提出了许多意见。有的说，艺术是有个性的；中国字有个性，所以是艺术。又有的说，中国字有组织，有变化，极富于美术的标准。我却极力地反对着他们的主张。我说，中国字有个性，难道别国的字便表现不出个性了么？要说写得美，那么，梵文和蒙古文写得也是十分匀美的。这样的辩论，当然是不会有结果的。

临走的时候，有一位朋友还说，他要编一部《中国艺术史》，一定要把中国书法的一部门放进去。我说。如果把“书”也和“画”同样的并列在艺术史里，那么，这部艺术史一定不成其为艺术史的。

当时，有十二个人在座。九个人都反对我的意见，只有冯芝生和我意见全同，佩弦一声也不言语。我问道：

“佩弦，你的主张怎样呢？”

他郑重地说道：“我算是半个赞成的吧。说起来，字的确是不应该成为美术。不过，中国的书法，也有他长久的传统的历史。所以，我只赞成一半。”

这场辩论，至今还鲜明的在眼前。但老成持重，一半和我同调的佩弦却已不在人间，不能再参加那么热烈的争论了。

这样的一位结结实实的人，怎么会刚过五十便去世了呢？——我说“结结实实”，这是我十多年前的印象。在抗战中，我们便没有见过。在抗战中，他从北平随了学校撤退到后方。他跟着学生徒步跑，跑到长沙，又跑到昆明。还照料着学校图书馆里搬出来的几千箱的书籍。这一次的长征，也许使他结结实实的身体开始受了伤。

在昆明联大的时候，他的生活很苦。他的夫人和孩子们都不能在身边，为了经济的拮据，只能让他们住在成都。听说，食米的恶劣，使他开始有了胃病。他是一位有名的衣履不周的教授之一。冬天，没有大衣，把马夫用的毡子裹在身上，就作为大衣；而在夜里，这一条毡子便又作为棉被用。

有人来说，佩弦瘦了，头上也有了白发。我没有想象到佩弦瘦到什么样子；我的印象中，他始终是一位结结实实的矮个子。

胜利以后，大家都复员了，应该可以见到。但他为了经济的关系，经从内地到北平去，并没有经过南方。我始终没有见到瘦了后的佩弦。

在北平，他还是过得很苦，他并没有松下一口气来。

暑假后，是他应该休假的一年。我们都盼望他能够到南边来游一趟，谁知道在假期里他便一瞑不视了呢？我永远不会再有机会见到瘦了后的佩弦了！

佩弦虽然在胜利三年后去世，其实他是为抗战而牺牲者之一。那么结结实实的身体，如果不经过抗战的这一个阶段的至窘极苦的生活，他怎么会瘦弱了下去而死了呢？他的致死的病是胃溃疡与肾脏炎，积年地吃了多沙粒和稗子的配给米，是主要的原因。积年的缺乏营养与过度的工作，使他一病便不起。尽管有许多人发了国难财、胜利财，乃至汉奸们也发了财而逍遥法外，许多瘦子都变成了肥头大脸的胖子，但像佩弦那样的文人、学者与教授，却只是天天地瘦下去，以至于病倒而死。就在胜利后，他们过的还是那么苦难的日子与可悲愤的生活。

在这个悲愤苦难的时代，连老成持重的佩弦，也会是充满了悲愤的。在报纸上，见到有佩弦签名的有意义的宣言不少。他曾经对他的学生们说，“给我以时间，我要慢慢地学”，他在走上一条新的路上来了。可惜的是，他正在走着，他的旧伤痕却使他倒了下去。

他花了整整一年工夫，编成《闻一多全集》。他既担任着这一个工作，他便勤勤恳恳地专心致志地负责到底地做着。

《闻一多全集》的能够出版，他的力量是最大的；他所费的时间也最多。我们读到他的《闻一多全集》的序，对于他的“不负死友”的精神，该怎样的感动！

地山刚刚走上一条新的路，便死了；如今佩弦又是这样。过了中年的人要蜕变是不容易的。而过了中年的人经过了这十多年的折磨之后，又是多么脆弱啊！佩弦的死，不仅是朋友们该失声痛哭，哭这位忠厚笃实的好友的损失，而且也是中国的一个重大的损失，损失了那么一位认真而诚恳的教师、学者与文人！

1948 年 8 月 17 日

读后感

学会选材文自新
——从《猫》的选材谈起

郑振铎的《猫》通过“我”三次养猫并最终失去猫的故事，刻画了一个热爱生活、珍视生命、同情弱小、严于律己、勇于自责、富有良知的知识分子形象。这篇文章给读者留下了深刻的印象，这得益于作者独特的选材技巧。

猫，给人的印象总是可爱的，一般人写来也会千篇一律。可是作者笔下的三只猫，每一只都有着鲜明的个性，是独特的“这一只”，给读者鲜明的印象。

第一只猫，颜色花白。它很活泼，如带着泥土的白雪球似的，常在廊前太阳光里滚来滚去。三妹常常取了一条红带，或一根绳子，在它面前来回地拖摇着，它便扑过来抢，又扑过去抢。第二只猫，浑身黄色。它比第一只更有趣，更活泼。它在园中乱跑，又会爬树，有时蝴蝶安详地飞过时，它也会扑过去捉。它似乎太活泼了，一点儿也不怕生人，有时由树上跃到墙上，又跑到街上，在那里晒太阳。第三只，毛色花白。它并不好看，又很瘦。……但大家都不大喜欢它，它不活泼，也不像别的小猫之喜欢顽游，好像是具着天生的忧郁性似的……

也就是说，作者选择的这三只猫，来历、特征、生存状态都不相同，可见选材的新颖；而且，这三只猫的“表现”和“结局”也不相同，相应的作者怀有的情感也不同，所以，这三只猫就给了读者鲜明的印象。

这就告诉我们，在为自己的作文选择材料的时候，一定要选择新颖的材料，即使是相同的材料，也要找出新鲜的地方，以给人耳目一新的感觉。

老师布置了一篇作文，要求写母爱。我绞尽脑汁地想，写下雨天母亲接我，衣服被淋湿了，可现在有汽车了；写母亲辅导我写作业，可是母亲辅导我作业的时候几乎没有；写母亲送我上学，那有什么新鲜的……最终，我决定写母亲的唠叨，上学前唠叨，在我下车前唠叨，接我的时候唠叨……唠叨的话语中表现出母亲对我深沉的爱。写出来后，我的作文获得了好评。

看来，新颖的选材的确是作文成功的一大利器。请大家重视作文的选材吧。

【名师点评】

作者通过分析郑振铎先生《猫》的选材，从三只猫的不同谈起，得出了选材要新颖的结论，并结合自己的亲身经历，进行了进一步说明，有理有据。

爱他，就要尊重他

郑振铎先生在《猫》中说："三妹是最喜欢猫的。"也就是说她是爱猫的。可是，三妹真的爱猫吗？

作者说："她常在课后回家时，逗着猫玩。""逗"这个字在文中的意思是人在闲暇时、兴致来时的挑逗，逗的目的是自娱。通读这篇文章就会发现，三妹对猫的喜爱，就表现为一个"逗"字。在小猫"不知怎地忽然消瘦了，也不肯吃东西，光泽的毛也污涩了"时，三妹并不关心小猫是否病了，也不去想解决的办法，只"想着种种方法去逗它"，还特地给小猫买了铜铃。这个方式并不能解决小猫消瘦的问题，只是使人快乐而已。小猫在这种方式下死亡了。在养第三只猫时，"三妹有时也逗它玩，但并没有像对前几只小猫那样感兴趣"。这时的"逗"也只是让自己快乐的一种方式而已。从中可以看出，三妹对待猫的态度是极为随意的，是以自我为中心的，她根本没有把猫放在心上。第二只猫的来源也验证了这一点，第一猫死后，三妹便怂恿二妹去舅舅家"拿"一只小猫回来。这个"拿"字，说明三妹只是把小猫当成玩具。也就是说，无论是"逗"，还是"拿"，都表现了三妹对猫的生存状态的漠视，她只是把猫当成娱乐自己的工具而已。正是在这种不尊重的态度下，三只猫的或死亡，或失踪，命运都很悲惨。

因此，我们可以认为，三妹不是爱猫的人，因为她根本就不尊重猫。要知道，爱他，就要尊重他。尊重他生存的权利，尊重他生活的点点滴滴，重视他的每一反应。这才是真正的爱。试想一下，第一只猫在出现消瘦情况的时候，三妹就去探寻原因，积极寻找解决的办法，那第一只猫是不是就不会死亡了？

所以，爱他，就要尊重他。千万不要以爱的名义行伤害之实。

愿三只猫的命运不会降临到我们人类身上。

【名师点评】

作者从三妹是否爱猫这一角度入手，结合文本对三妹的表现进行了具体分析，得出了三妹并不爱猫的结论，有理有据，角度比较新颖。

真题汇编

阅读下列文章，回答文后问题。

【甲】

最后一课

郑振铎

（1）这一天的清晨，天色还不曾大亮，我在睡梦里被电话的铃声惊醒。"听到了炮声和机关枪声没有？"C在电话里说。"没有听见。发生了什么事？""听说日本人占领租界，把英国兵缴了械，黄浦江上的一只英国炮舰被轰沉，一只美国炮舰投降了。"接连的又来了几个电话，有的是报馆里的朋友打来的。事实渐渐地明白。英国军舰被轰沉，官兵们凫水上岸，却遇到了岸上的机关枪的扫射，纷纷地死在水里。日本兵依照着预定的计划，开始从虹口和郊外开进租界。被认为孤岛的最后一块弹丸地，终于也沦陷于敌手。

（2）我匆匆地跑到了康脑脱路的暨大。

（3）校长和许多重要的负责者们都已经到了。立刻举行了一次会议，简短而悲壮的，立刻议决了："看到一个日本兵或一面日本旗经过校门时，立刻停课，将这大学关闭结束。"太阳光很红亮地晒着，街上依然的熙来攘往，没有一点异样。我们依旧摇铃上课。我授课的地方，在楼下临街的一个课室，站在讲台上可以望得见街。学生们不到的人很少。"今天的事，"我说道，"你们都已经知道了吧。"学生们都点点头。"我们已经议决，一看到一个日本兵或一面日本旗经过校门，立刻便停课，并且立即地将学校关闭结束。"学生们的脸上都显现着坚毅的神色，坐得挺直的，但没有一句话。"但是我这一门课还要照常地讲下去，一分一秒也不停顿，直到看见了一个日本兵或一面日本旗为止。"

（4）我不荒废一秒钟的工夫，开始照常地讲下去。学生们照常地笔记着，默默无声的。

这一课似乎讲得格外的亲切，格外的清朗，语音里自己觉得有点异样，似带着坚毅的决心，最后的沉着；像殉难者的最后的晚餐，像冲锋前的士兵们上了刺刀，“引满待发”。然而镇定安详，没有一丝的紧张的神色。该来的事变，一定会来的。一切都已准备好。谁都明白这“最后一课”的意义。我愿意讲得愈多愈好；学生们愿意笔记得愈多愈好。讲下去，讲下去，讲下去。恨不得把所有的应该讲授的东西，统统在这一课里讲完了它，学生们也沙沙地不停地在抄记着。心无旁用，笔不停挥。

（5）别的十几个课室里也都是这样的情形。

（6）对于要“辞别”的，要“离开”的东西，觉得格外的恋恋。黑板显得格外的光亮，粉笔是分外的白而柔软适用，小小的课桌觉得十分的可爱；学生们靠在课椅的扶手上，抚摩着，也觉得十分的难分难舍。那晨夕与共的椅子，曾经在扶手上面用钢笔、铅笔或铅笔刀，有意识或无意识地涂写着，刻划着许多字或句的，如何舍得一旦离别了呢！

（7）街上依然的平滑光鲜，小贩们不时地走过，太阳光很有精神地晒着。

（8）我的表在衣袋里低低地嗒嗒地走着，那声音仿佛听得见。

（9）没有伤感，没有悲哀，只有坚定的决心，沉毅异常地在等待着——等待着最后一刻的到来。

（10）远远的有沉重的车轮碾地的声音可听到。

（11）几分钟后。有几辆满载着日本兵的军用车，经过校门口，由东向西，徐徐地走过，当头一面旭日旗——血红的一个圆圈，在迎风飘荡着。

（12）时间是上午10时30分。

（13）我一眼看见了这些车子走过去，立刻挺直了身体，做着立正的姿势，沉毅地合上了书本，以坚决的口气宣布道：“现在下课！”

（14）学生们一致地立了起来，默默地不说一句话，有几个女生似在低低地啜泣着。

（15）没有一个学生有什么要问的，没有迟疑，没有踌躇，没有彷徨，没有顾虑。个个人都已决定了应该怎么办，应该向哪一个方面走去。

（16）赤热的心，像钢铁铸成似的坚固，像走着鹅步的仪仗队似的一致。从来没有那天无纷纭的一致的坚决过，从校长到工役。

（17）这样的，光荣的国立暨南大学在上海暂时结束了它的生命，默默地在忙着迁校的工作。

（节选，有删节）

【乙】

最后一课

都德

①韩麦尔先生已经坐上椅子，像刚才对我说话那样，又柔和又严肃地对我们说："我的孩子们，这是我最后一次给你们上课了。柏林已经来了命令，阿尔萨斯和洛林的学校只许教德语了。新老师明天就到。今天是你们最后一堂法语课，我希望你们多多用心学习。"

②语法课完了，我们又上习字课。那一天，韩麦尔先生发给我们新的字帖，帖上都是美丽的圆体字："法兰西""阿尔萨斯""法兰西""阿尔萨斯"。这些字帖挂在我们课桌的铁杆上，就好像许多面小国旗在教室里飘扬。个个都那么专心，教室里那么安静！只听见钢笔在纸上沙沙地响。有时候一些金甲虫飞进来，但是谁都不注意，连最小的孩子也不分心，他们正在专心画"杠子"，好像那也算是法国字。

③我每次抬起头来，总看见韩麦尔先生坐在椅子里，一动也不动，瞪着眼看周围的东西，好像要把这小教室里的东西都装在眼睛里带走似的。只要想想：四十年来，他一直在这里，窗外是他的小院子，面前是他的学生；用了多年的课桌和椅子，擦光了，磨损了；院子里的胡桃树长高了；他亲手栽的紫藤，如今也绕着窗口一直爬到屋顶了。

④可怜的人啊，现在要他跟这一切分手，叫他怎么不伤心呢？何况又听见他的妹妹在楼上走来走去收拾行李！——他们明天就要永远离开这个地方了。

⑤可是他有足够的勇气把今天的功课坚持到底。习字课完了，他又教了一堂历史。接着又教初级班拼他们的ba，be，bi，bo，bu。在教室后排座位上，郝叟老头儿已经戴上眼镜，两手捧着他那本初级读本，跟他们一起拼这些字母。

他感情激动，连声音都发抖了。听到他古怪的声音，我们又想笑，又难过。啊！这最后一课，我真永远忘不了！

⑥忽然教堂的钟敲了十二下。祈祷的钟声也响了。窗外又传来普鲁士士兵的号声——他们已经收操了。韩麦尔先生站起来，脸色惨白，我觉得他从来没有这么高大。“我的朋友们啊，”他说，“我——我——”但是他哽住了，他说不下去了。他转身朝着黑板，拿起一支粉笔，使出全身的力量，写了几个大字：“法兰西万岁！”然后他呆在那儿，头靠着墙壁，话也不说，只向我们做了一个手势：“放学了，——你们走吧。”

1. 认真阅读【甲】【乙】两篇文章，填写下表。

	【甲】文	【乙】文
上最后一课的背景		
写作视角		

2.【甲】文中的“最后一课”是在什么氛围中进行的？试结合文章内容简要分析说明。

____

____

3.【甲】文第⑥段是怎样描绘师生对教室的眷恋的？

____

____

4. 体会下列两句中加点词语的表达效果，写在横线上。

①【甲】文“我一眼看见了这些车子走过去，立刻挺立了身体，作着立正的姿势，沉毅地合上了书本，以坚决的口气宣布道：“现在下课！”

____

____

②【乙】文“他转身朝着黑板，拿起一支粉笔，使出全身的力量，写了几个大字：“法兰西万岁！”

____

____

参考答案

蝴蝶的文学

1. 小溪流动　百花齐放　屋角花木　金黄菜田　儿童逐蝶

2. 反映出作者对春天和田园风光的赞美以及对春天和蝴蝶的喜爱之情。

蝉与纺织娘

A

猫

1. 因为我冤苦了这只不能辨诉的动物，内心充满了内疚和自责。

2. 这是作者因为自己的过失造成第三只猫的死亡，痛苦自责后作出的决定。“我”十分难过，负罪感永远不能消除，见了猫反而触发自己灵魂的伤痛，永远愧对这类生命。

3. 文中的“我”是三只猫的主人，“我”喜欢前两只猫，厌恶第三只猫。“我”既是前两只猫的悲剧的目击者，又是后一只猫悲剧的主要制造者。这样，作者容易借“我”之口，便于抒发自己的真情实感，便于揭示文章的主题思想，引起读者的共鸣。

黄昏的观前街

1. 先抑后扬的写法。

2. 三种。使文章显得摇曳多姿，而且使其显得亲切自然。

访笺杂记

1. 鲁迅　北平笺谱

2. 时间 空间

最后一课

1.A C

2. 独立成段起到突出、强调作用，说明这一时刻在师生心中留下强烈印象，突出了这一时刻到来的严重性。表示要牢记这一时刻，永远不会忘记。文中有一伏笔："我的表在衣袋里低低的嗒嗒的走着。"在日军出现的严峻时刻，"我"一定会看表。

考题链接

1.

	【甲】文	【乙】文
上最后一课的背景	上海被日军占领，学校即将关闭，搬迁到别的地方去	学校所在地被异国军队德军占领，学校还在，但只能学德语，新的德语教师明天就到。
写作视角	以教师的视角来叙述的	以学生的视角来叙述的

2. 最后一课是在坚毅镇定、心无旁用、带着决心的氛围中进行的。主要体现在，上课前"学生们的脸上都显现着坚毅的神色，坐得挺直的，但没有一句话"，上课过程中，老师"似乎讲得格外的亲切，语音有点异样，带着坚毅的决心，镇定安详"，讲下去，讲下去，学生们心无旁用，笔不停挥。

3. 首句总说"觉得格外恋恋"，接着用简练的语言分别描绘了"黑板""粉笔""课桌""扶手上刻的字句"等教室常见的物件带给人的特殊感受，最后直抒胸臆，"如何舍得一旦离别了呢！"，表达了师生对教室学校的眷恋不舍之情。

4. ①“立刻”体现了教师对“看到一个日本兵或一面日本旗经过校门时，立刻停课”约定的遵守，说到做到，再现了一位教师的信守。“立正”，体现了教师对学生的尊重，对教学礼仪的遵守，也体现了教师的镇定与坚毅。“沉毅”“坚决”体现了在外敌入侵面前，教师内心的坚定，不向敌人妥协，不做敌人的傀儡，集聚力量，内心充满了浩然正气。

②“使出全身的力量”看出韩麦尔先生对祖国的热爱和内心的悲愤，“法兰西万岁”说明韩麦尔先生希望自己的学生永远不要忘记自己的祖国。